去雅典的鞋子

叶兆言 著

人民文学出版社

图书在版编目(CIP)数据

去雅典的鞋子/叶兆言著.—北京:人民文学出版社,
2016
ISBN 978-7-02-011439-9

Ⅰ.①去… Ⅱ.①叶… Ⅲ.①中篇小说-中国-当代
Ⅳ.①I247.5

中国版本图书馆 CIP 数据核字(2016)第 034778 号

责任编辑 甘 慧 杜 晗
封面插画 谢昊伊
装帧设计 高静芳

出版发行 人民文学出版社
社 址 北京市朝内大街 166 号
邮政编码 100705
网 址 http://www.rw-cn.com
印 制 山东德州新华印务有限责任公司
经 销 全国新华书店等
字 数 80 千字
开 本 890×1240 毫米 1/32
印 张 5.25
版 次 2016 年 5 月北京第 1 版
印 次 2016 年 5 月第 1 次印刷
书 号 978-7-02-011439-9
定 价 25.00 元

目录

有一种感觉叫痛

1

1976 年 9 月 18 日，还在母亲肚子里的丽娜，已开始反叛了，开始不安分。说不清楚用手在抓，还是用脚在踹，反正突然很有力地在娘胎里造起反来。丽娜母亲吕红英被弄得很惊慌，十分狼狈，那时候不知道肚子里孩子是男是女，之前也有过微微胎动，像现在这样手舞足蹈，像现在这样强有力地表明自己存在，这是头一次，吕红英一时都不知道怎么办才好。

此时此刻，北京天安门广场上，号称百万人参加的毛泽东主席追悼大会正在召开。全国各地布置了分会场，各单位都在组织收听广播，听华国锋主席用他的山西腔念悼词。很多人在流泪，有的小声抽泣，有的号啕大哭。悼词接近尾声，吕红英挺着一个硕大的肚子，非常吃力地站在县中学操场上，感到很孤立很无援。身边黑压压的，都是人，男男女女老老少少，还有几个抱在手里的孩子。吕红英并没感到疼痛，只是觉得慌乱。丽娜在肚脐那儿又顶了一下，吕红英赶紧按住肚子，隔着两层衣服，她的手能够感觉到小丽娜一次又一次的击打。

悼词终于念完，开始向伟大领袖的遗像三鞠躬，一鞠躬，二鞠躬，三鞠躬，吕红英捧着大肚子，忍受着肚子里女儿的各种淘气，只能点头示意。她实在弯不下腰来，好在气氛庄严肃穆，也没人注意她。然后就是奏《东方红》，音乐声很嘹亮地响起来，追悼大会宣布结束。会场上一片混乱，人群开始缓缓地向四处散开。这时候，吕红英还在担心，肚子里的小丽娜变得安静了，似乎已闹够了，可是她的母亲还直直地站在那儿，还是不敢动弹，怕肚子里这个捣蛋的小家伙再一次翻山倒海。

吕红英突然感到下身热乎乎的，有一股液体正在流出来。首先想到的是小便失禁，尽管一有机会就往厕所跑，她根本就不敢喝水，总觉得有种要尿的欲望。周围环境太乱，密密麻麻的人群，说散开也就散开了。一个女孩子飞奔着跑过来，差一点撞到她。没人在意吕红英，身边本来还有几个相识的熟人，都是同单位来参加追悼大会的，转眼间熟悉面孔全跑光了。吕红英不想让别人知道自己小便失禁，尤其不想让那些熟悉的人知道，光天化日操场上尿湿裤子，这太让人难堪，她突然又害怕起来，害怕自己并不是小便失禁，毕竟预产期快到了，会不会是羊水破了，会不会就要生产了。

终于有个熟人远远地过来，是个男的，吕红英顾不上害羞，红着脸喊住了他，请他帮忙，请他护送自己去医院。

2

事实上，直到10月6日晚上丽娜才出生，9月18日被证明是虚惊一场。10月4日晚上，吕红英肚子开始阵痛，天一亮赶紧去县人民医院，去了就住下。从子宫开始不规则收缩，到丽娜呱呱坠地，折腾了差不多四十个小时。

丽娜一直觉得自己从9月18日那天开始就有了朦胧记忆，觉得她那一天就应该出生，因为一些别的原因，又在母亲肚子里待了将近二十天。也许外面人太多，太闹，也许她母亲那天去见了什么人，去和情人相见，说了什么话，使用了什么神奇法术，反正她突然决定要晚几天再到这世界上来。丽娜相信那天上午，吕红英偷偷溜去和那个男人见过面，他们一起吃中饭，一起散步，一起在县中学的那棵大樟树下说话。那时候，满大街都是戴黑孝的人，下午要举行追悼大会，很多民兵正在不远处布置会场。

9月18日能给丽娜留下深刻印象，不仅因为母亲吕红英生前经常说这事，说处在娘胎里的她如何会折腾，更重要的一点，那个男人后来写文章，专门有一笔提到那天情形，写到了大会详细过程。当时他就在丽娜出生的这个小县城，也参加了追悼大会，也是在县中学操场上。毫无疑问，母亲与那个男人见面，完全是丽娜的凭空想象，吕红英从没说过，她才不会把这种不光彩的事告诉女儿。当然，如果她还活着，到了后来，到了丽娜真正懂事，也许会说出来。可惜秘密永远只是秘密，等到丽娜开始懂事，懂得什么是男欢女爱时，吕红英已不在了，她已经死了。

丽娜相信，人的最初记忆都是想象，都是听大人怎么说，说多了听多了，那些事情就好像真的存在。在丽娜童年记忆中，妈妈一点都不重要，她只是隐隐地知道自己还有一个妈妈，还有一个爸爸。小时候的丽娜一直住姑姑居焕娟家，那个她应该叫妈妈的人又来了，来了，就应该叫她一声妈妈。据说母女之间当年一点都不亲热，吕红英每周照例会过来看女儿，每个月快到日子，会给居焕娟十五块钱，这是小丽娜的生活费。

作为一名在姑姑家长大的孩子，丽娜的最初记忆，母亲和父亲似有似无。代替这位置的是姑姑和姑父，他们生活在离县城不远的小镇上，姑父是一名乡村小学教师，姑姑是农民，他们已经有两个小孩，一儿一女，女儿文英刚上小学，儿子文明与丽娜差不多大，两个孩子相差不足半岁。说起来文明还要大一点，在丽娜印象中，年长的好像更应该是自己，因为小时候的文明又矮又小，动不动就哭就闹，要强的丽娜老是欺负他。

记忆中的小时候，丽娜一直在和表哥文明争宠，当时大家都有个一致看法，那就是姑姑更喜欢文明，姑父更喜欢丽娜。丽娜记得总会有人向她提问，一次又一次地问，你喜欢爸爸妈妈，还是喜欢姑姑姑父。这个问题很容易回答，每次她都会说喜欢姑姑姑父。常引起一阵大笑，甚至丽娜父母也这么问过，答案当然还是一样，一样地引起大笑。还会有个差不多的问题，那就是在姑姑和姑父之间，更喜欢谁，答案也是事先设计好的，丽娜毫不犹豫地立刻回答，她更喜欢姑父。

记忆往往会不靠谱，喜欢谁不喜欢谁，谁喜欢你谁不喜欢你，虽然出自天真小孩子口中，其实都是大人的意思。童年印象总会有层迷雾，就像梦里的情景，只是你觉得它很真实。有时候，所谓的记忆很逼真，很像那么回事，事实却是根本不存在。丽娜记忆中，自己好像的确喜欢过姑父，只是好像，很多人都这么说，姑姑这么念叨，奶奶经常这么形容。自从丽娜开始懂事，她就知道自己并不喜欢他们，她不喜欢姑父，也不喜欢姑姑。说自己喜欢，不过是为了讨好，很显然，那些愚蠢的提问放在丽娜面前时，现成的标准答案准备好了，就像做最简单的算术题，她必须填上一个大家都认为正确的答案。

事实上，小时候丽娜对姑父也完全可以用得上讨厌这个词。她很害怕他，害怕他的胡子，这个姑父表示亲热的方式，就是用胡子去扎她稚嫩的小脸。他知道她害怕，因此每当要她做什么，常常会用这种匪夷所思的方式来胁迫。丽娜的奶奶常说，她的孙女儿小时候喜欢亲吻姑父，没有人知道这种亲吻背后存在的压迫，她如果不这么做，姑父会在没人的地方，用胡子狠狠地扎她。人前人后的姑父永远是两个人，当面是一个人，背后又是一个人。就像内心深处不喜欢姑姑和姑父一样，丽娜知道他们也不喜欢她。

也许是五岁，也许是六岁，反正在一个夏天。丽娜被叫到阁楼上，阁楼上很热，姑父赤着大膊，穿一条田径短裤，手上捧一本翻烂了的文学杂志。丽娜不知道为什么要叫她上去，爬上阁楼以后，姑父继续他的阅读，再后来读着读着，竟然把田径短裤脱了，什么也不穿，赤条条的，模样很怪诞，招呼小丽娜到他身边去。

3

丽娜记忆中，总有人在背后说吕红英坏话，奶奶喜欢说，姑姑和姑父喜欢说，甚至单位里同事，母亲的那些好朋友，也都喜欢这么说。一开始，或许觉得丽娜还小，有些话并不回避，大家肆无忌惮有说有笑，根本不考虑她的存在。

因此，还是在很小的时候，丽娜就知道母亲吕红英“生活作风”有问题。小孩子不知道什么叫“生活作风”，只知道这个不好，人们喜欢背后讥笑，一说起来就亢奋，一说起来没完没了。渐渐地，大家开始考虑到丽娜的存在，他们开始吞吞吐吐，开始欲言又止，他们想说又不想说的样子，反而加重了丽娜的好奇心。

吕红英在丽娜心目中，始终都有些神秘。她是县剧团一名女演员，一辈子也没轮到演一号女主角的机会。剧团排演什么新戏，她照例会很激动，可是最后安排给她的都是配角。吕红英很漂亮，她那样长相的女演员不让演主角真是太可惜了。丈夫居焕真也很神气，在广东当兵。那年头，男人能当兵让人非常羡慕；能嫁给一个军人，也是非常光荣的一件事。

居焕真前后当了八年兵，大部分时间都在广州。丽娜出生那年，他是把守省委大院的卫兵，当时的省委第一书记，都身兼省革命委员会主任头衔。丽娜想不明白，这位多年来一直让她喊爸爸的男人，经常念叨的青春，只剩下两件记忆。作为一名农村小镇上的青年，他很遗憾自己没真正打过一次仗。省委大院第一号人物是位上将，上世纪五十年代授军衔时，他只有四十二岁，四十二岁成为上将，这实在太厉害。大丈夫出生入死，要么裂土封侯，要么马革裹尸，活成这样才能算真正的男人。第二个记忆与一连串数字有关，他记住了9月18日那天，广州地区的毛主席追悼大会参加总人数是2004252人，总共有169个会场，越秀山体育场5万人，部队系统30个会场，4万人，省直系统34个会场，3.8万人，广州市区95个会场，36万人，花圈总数是28398个。

或许对数字有特殊记忆，居焕真转业到省城邮电部门工作。只要和数字有关，都会记得特别清楚，他可以把省级机关各重要单位的电话号码都报出来。居焕真经常表演过耳不忘的能力，这种超强能力即使到了过五十岁生日那天，仍然没任何衰退迹象。那天一共也就两桌，二十多个人，当时他喝了不少酒，有人怀疑这种记忆能力，居焕真便打着酒嗝，让在场的每个人，按顺序报出自己手机号码，然后他立刻复述一遍，结果全部正确。

唯一没说出自己号码的是丽娜，这时候的丽娜已二十六岁，母亲吕红英死了已整整十年，居焕真再婚也已经七八年。这时候，居焕真是电信部门的小负责人，行政级别虽然不高，经济效益非常好。说老实话，因为和女儿的不愉快，他并没奢望丽娜会来参加自己的寿宴，更没想到她会把男朋友黄小葵带来。丽娜能来已让他很高兴了，尽管女儿还不愿意说出手机号码，尽管她都不太愿意正眼多瞧自己。现在，在场的这些人中，居焕真唯一不知道的就是女儿的手机号码，女儿不愿意说，他也就不太愿意追问。好在别人不会这么想，别人怎么会想到他不知道女儿的手机号码呢。

酒席到尾声，丽娜拉了拉黄小葵，站出来向居焕真敬酒：

“好吧，我跟小葵一起，祝五十岁的老男人身体健康，永远健康，永远像现在这样年轻。”

大家都笑了，看着敬酒的被敬酒的把杯中酒喝光。丽娜的继母龚亚琴笑着说，最后一句话补得好，要不然，光说一句永远健康还不行，我们年轻时，正好文化大革命，那时候，成天都要喊毛主席万寿无疆，林副主席身体健康永远健康。居焕真脸色顿时有些尴尬，龚亚琴属于那种不太会说话的女人，尤其不会在场面上说话，常常会把那点微不足道的小意思，经过她带有几分笨拙的解释，弄得大家都不好意思。

居焕真一生中最大的遗憾，是始终处理不好与吕红英母女的关系，永远事与愿违，永远关系不融洽。与吕红英这样，与丽娜也这样。也许与夫妻分居有关，在他们年轻时，分居并不是什么了不得的大事。

居焕真在当兵的第四年结了婚，那时候，他们年龄相当，条件匹配，吕红英是来自乡村小镇的县剧团演员，有一点小家碧玉；他虽然也是出身农村，因为当了兵，也就有了城市户口，前途一片大好。所有人都觉得他们挺般配，他们也很满意自己的婚姻。

甚至转业到省城邮电部门，在当时也是个合情合理的选择，毕竟省城发展空间更大。而且这还是吕红英的主意，她力主他去省城，那时候吕红英也非常想离开剧团，她的处境并不快乐，可以说非常不快乐，演不上女主角，女演员之间成天争风吃醋，所谓剧团领导呢，就是瞪着一双色迷迷的小眼睛，随时准备捕获落在陷阱里的猎物。吕红英很执拗地认为，她演不了女一号，就是因为不愿意成为某领导的猎物。

“就算在那万恶的旧社会，你他妈一个戏班子老板，也不能想睡谁就睡谁！”

有一天，剧团一位老演员拎着寒光闪闪的菜刀，直接冲到团长家，把团长老婆和孩子吓得哇哇乱叫，老演员要跟团长玩命，指着他鼻子一顿痛骂。剧团里乌烟瘴气，已到了维持不下去的地步，迟早都得解散。文革结束了，四人帮粉碎了，改革了开放了，县剧团的日子一天天变得艰难。吕红英曾在业余演出中脱颖而出，扮演样板戏中的阿庆嫂，并因此被选进县剧团。自从进了剧团，成为专业演员，戏排过不少，却再也没演过什么正经角色。

夫妻分居的最大问题是家不像家，在部队一切也还正常，军人吗，当兵照例不能带家属。转业到省城，解决夫妻分居放到了议事日程上，这事好像也不能太着急，急也没用，不是说办好就能办好。居焕真夫妇仍然各自住集体宿舍，与过去相比，无非探亲次数多了。吕红英死后，女儿曾问过父亲，他们夫妇之间究竟存在着什么问题。有什么问题呢，居焕真无法回答，他想了想，说我觉得没问题。女儿说当然有问题，你们要是再没问题，天下也就没有问题了。

那是在一次扫墓回去的路上，居焕真在开车，丽娜的诘问让他陷入沉思。他知道女儿的话有几分道理，自己与吕红英之间，确实存在问题，然而问题出在什么地方，他百思不得其解。吕红英最后选择了悬梁自尽，这是居焕真心头抹不去的隐痛，他始终想不明白，想不明白她为什么要选择这样极端的方式。

吕红英死后，居焕真将她葬在了老家，与自己父母葬在一起。这引起了家族其他成员的非议，他们都认为不应该，不应该将这样一个与丈夫性格不合的怪诞女子，葬进家族墓地。居焕真从没后悔过对吕红英做的最后安排，即使她不愿意这样，他仍然还是会坚持这么做。一日夫妻百日恩，毕竟患难一场，毕竟共同抚育过一个孩子，既然她已经死了，无论做过什么事都可以原谅。

现在，吕红英已经死了很多年，居焕真也已经再婚了好几年，让居焕真感到难堪的，感到难以应付的，不是吕红英过去有没有真做过对不起自己的事，而是渐渐长大的女儿丽娜，越来越像她那脾气古怪的妈，甚至比吕红英还更喜欢走极端。果然，在这一次回老家扫墓的归途中，到了最后，丽娜又开始了刁钻古怪的提问：

“你们之间到底怎么样？”

“什么怎么样？”

“我是说那件事。”

“那件什么事？”

“妈妈是不是有些性冷淡？”

居焕真不知道该如何回答，他不愿意与女儿讨论这个，他们之间一本正经地讨论这个有些荒唐。

丽娜还在继续提问，她一定要找到一个答案，一定要：

"要不就是你有问题，是不是你能力不行？"

居焕真真的有些愤怒了，他正在开车，前方正在变换红绿灯，他加了点油门，想赶快冲过去，突然又觉得可能来不及，便猛踩刹车，车子突然停住了。居焕真用一种近乎怪异的声音，听上去就像是另外一个人在说话一样，恶狠狠地爆发了：

"你不是要一个答案吗，好，我可以告诉你，我和你妈在这方面很好，我们之间没任何问题……"

现在，轮到丽娜开始沉默。居焕真说，你怎么不问了，你还有什么问题，有问题尽管说出来，你尽管说，什么话都可以说，都可以问。我现在都可以告诉你，你母亲没什么问题，她在床上就跟一个疯子一样。我也一样，我也跟她一样正常，我们没任何问题，我们这方面都很正常，都很出色，我们都是疯子。

4

丽娜印象中，居焕真回家探亲永远很突然，突然出现了，又突然消失。每次都这样，无论什么季节，春夏秋冬，他都有可能这样很突然地出现，来无影去无踪。每次回家探亲，居焕真都会与吕红英一起，去姑姑家看望小丽娜。那些日子，丽娜只要看到有穿着解放军军装的人出现，用不着别人告诉他，就知道是居焕真来了。

居焕真转业到了省城，丽娜依然和姑姑一家生活在一起。跟谁一起生活，并不是丽娜可以决定的，可是大家都觉得这是她的愿望，是她愿意这样。丽娜永远忘不了这样的场景，父母来看她了，会随口问她想不想爸爸妈妈，问她愿意不愿意与他们一起回家，问完了也就问完了，也就算了，不过问问而已。他们好像根本不需要答案，根本没认真考虑过丽娜的真实想法，根本没打算带她走。

然后会在姑姑家一起吃顿饭，吃饭时最容易话多，大多数是姑父在说，有时候话题围绕丽娜，怎么样怎么样，丽娜听着像在说一个与自己毫不相干的人。有一次，居焕真和吕红英住在了姑姑家，吕红英坚持要与丈夫分床睡，姑姑说算了，我家兄弟好不容易回来探次亲，还分什么床呀。结果姑姑姑父把自己的大床让出来，丽娜也因此有机会与父母一起睡觉，那是她记忆中的第一次，也是唯一一次。

姑姑的儿子文明非常羡慕她，在一个小男孩心目中，能和一名光荣的解放军战士睡一起，这是很值得骄傲的事。他用试探的语气向姑姑发出请求，问自己能不能像丽娜一样，也与舅舅和舅妈一起睡，遭到姑姑的一顿臭骂。那是丽娜并不快乐童年中最快乐的一个夜晚，她甚至记不清居焕真对自己说了什么，好像问了她很多话，给她讲了一个解放军抓坏人的故事，丽娜有些兴奋，迷迷糊糊睡着了，又醒了，又睡，这一夜变得十分漫长。吕红英好像不太高兴，丽娜不知道她为什么不高兴，在梦中，她觉得他们好像为了什么事争起来，相互还有些拉扯，丽娜听见居焕真在平息事态，在安慰吕红英，他让她轻一点，别让小孩子听见，丽娜听见吕红英在反驳，说小孩子懂什么，听见也没关系。

直到吕红英也调往省城去工作，一家人才开始真正地一起生活。居焕真单位分配了一套房子，吕红英不再当演员，转业成为省城一家新建商场的营业员。这时候丽娜已经十岁，她当时的最大烦恼，是不能适应新环境，没有可以说话的小伙伴，同学们都在讥笑她的一口方言。在那些省城孩子眼里，丽娜这个来自小县城的女孩，无疑是个土包子。居焕真和吕红英在家跟丽娜都习惯说家乡话，她觉得自己的家乡话真的很难听。

丽娜学习成绩一直很好，她的成绩能够优秀，完全是因为性格孤僻。像她这样的女孩子不感到孤僻几乎不可能。到了省城，丽娜在学习上更加努力，她要向大家证明，自己这个来自小县城的女孩，是一只还没有变成天鹅的丑小鸭，迟早有一天，会让别人大吃一惊。孤立无援的孩子通常都自卑，丽娜也不例外，她很少主动跟别人说话，别人也很少搭理她，性格孤僻的人，常常又会给人造成一种高傲的错觉。

很快上初中，以丽娜的学习成绩，进一所好中学不成问题。要去的学校路途有些遥远，必须骑自行车，那时候还没实行双休日，一到星期天，居焕真便带她去公园学骑车。记得有一次，一家三口都去了，带着一大包干粮。丽娜正处于似会非会的练习阶段，沿着公园的林荫路兜圈子。时间是1989年春夏之际，公园外正在游行，大街上都是人，公园里因此非常空荡和安静。一家三口去公园，丽娜记忆中有过为数不多的几次，这次印象特别深刻。她在前面骑自行车，练习上车下车，居焕真气喘吁吁地在后面扶，在后面追，渐渐就追不上了。

然后，一家三口在草地上吃自带的干粮，喝军用水壶里的白开水，丽娜兴高采烈，开始与居焕真说笑，说什么记不清了，只记得他当时很快乐，一直咧着嘴在笑。还拍了照，新买了一个照相机，大多数时候都是居焕真在拍，丽娜也学着拍了好几张，吕红英坐在那儿装模作样，只要镜头一对准，表情立刻严肃，像演员一样进入角色。她总是忘不了自己的演员出身，一拍照就会很不自然。然而再不自然，吕红英也是美丽的，怎么拍都会好看，丽娜小时候一直有种很奇怪的想法，那就是自己如果是个男人，就一定要娶像她那样漂亮的女人。

再后来，便有了些不愉快。事实上，自从调到省城，吕红英一直不太快乐，从一名县剧团的演员，过渡为商场营业员，不可能不感到一种落差，这种落差的距离很大。当演员的时候，虽然没演过女一号，那个叫希望的玩意儿多少还存在；当了营业员以后，根本看不到自己前途在哪，生活完全没有了目标，完全看不到希望。吕红英开始抱怨，觉得为了和丈夫团聚，放弃事业太不值得，她不应该也没必要为了他牺牲自己。当然，不光埋怨丈夫，对丽娜也同样时有责怪，好像她调往省城，完全是为了照顾女儿的读书学习。

丽娜早注意到了，只要自己对居焕真表现出亲热，只要父女俩玩得开心，有说有笑，吕红英就一定会不太高兴，好像是很嫉妒他们。也许自小听惯了别人在背后说母亲坏话，丽娜觉得吕红英身上确实有很多毛病，她总是有些小心眼，说话直来直去，从来不考虑别人的感受。难怪亲戚们都不喜欢她，会在背后埋汰她。吕红英永远会有一种莫名其妙的傲气，永远是愤世嫉俗的目中无人，她其实并不是真正地要强，可是在生活中总喜欢做出很要强的样子，她总是得理不饶人，有时候没有理也非要胡搅蛮缠。

那天在公园，丽娜不知道吕红英为什么会突然不高兴，几乎是无缘无故的便把女儿给骂了一顿。没有任何理由，吕红英突然就有些不高兴，好端端地便发作了。丽娜感到十分委屈，因为太委屈，她甚至都不想申辩，眼泪在眼眶里打转。居焕真看不下去，帮丽娜说了几句话，吕红英便钉着丈夫没完没了地训斥，越说越来劲，越说越生气。居焕真叹了一口气，脸挂得很长，无可奈何地说你这是何苦呢，高高兴兴出来，非要弄得大家都不开心。吕红英说你们可以开心，你们尽管开心，想怎么开心就怎么开心，难道我连不开心的权利都没有吗？

“你不开心，别人还能怎么开心？”

“怎么不能开心？”

居焕真跟吕红英没办法说理，悻悻地摔出了最后一句：“怎么能够开心？”这以后，就不再说话，大家都憋气，都不说话。再以后便是回家，出了公园，外面大马路上还有人在游行，仍然是满大街的标语口号。由于和游行队伍方向一致，丽娜觉得他们一家仿佛也融入到了游行队伍中，居焕真推着自行车走在前面，丽娜与吕红英默默地紧跟其后。走了很长一段路，他们才找到一条小巷子，走这条小巷要多绕些路，不过因为人很少，好走多了。

有一种疯狂叫爱

1

丽娜上小学二年级，快过年了，姑姑一家，伯伯和叔叔全家，加在一起十几口人，浩浩荡荡去县城钢厂洗澡。公共浴室人满为患，她们家的女眷控制了两个淋浴龙头，一边聊天，一边擦肥皂搓垢冲洗。姑姑始终在说吕红英坏话，伯母和婶婶跟着敲边鼓，根本不顾忌丽娜的感受，好像丽娜就不存在。她们说到了一个男人，一个老男人，一个像幽灵一样的老男人。他是谁丽娜不知道，只知道年纪不小了，不是这个县城的，来自省城，有老婆有小孩。很多年以后，丽娜终于明白，她们说的那个老男人很可能就是智仁勇。

渐渐地，话题转移到小丽娜身上，说她身材好，岁数虽然还小，已经有了小女人的模样，长大肯定也是个美人胚子，肯定会跟她妈一样风骚，一样地会勾引男人，一样地会有坏男人打她主意。说这些话，一会儿直截了当，一会儿吞吞吐吐，欲言又止，好像在随便说着别人，但是丽娜能感觉得到，知道她们是在说自己，知道她们的话是什么意思。这些拐了弯带着刺的谈话，就跟她们赤裸裸的身体一样，根本没什么掩盖。沐浴龙头哗哗地放着水，丽娜站在水柱下面，有一种置身于大雨中的感觉。每个龙头下往往要同时站两三个人，终于有人试图挤进来，丽娜的婶婶和一个外来的胖女人吵了起来，伯母和姑姑也参战了，她们家人多势众，然而胖女人更凶，更强悍，吵起来丝毫不落下风。

早在似懂非懂的年纪，丽娜就担心长大了会和母亲一样，会像吕红英那样被别人在背后说坏话，被别人指指戳戳。女儿注定了应该像妈，妈妈不好，女儿也好不了。吕红英究竟坏在什么地方，有什么错误，为什么大家都喜欢在背后议论，人们究竟都在说什么，丽娜事实上从来没有真正弄明白。她不过是有些莫名其妙的担心罢了，这种担心仿佛一颗种子，在潜意识中生长萌芽。一切都是注定的，丽娜从小就觉得自己长大以后，注定了也要学坏，注定了也要在生活作风上犯错误。女儿长大便会和母亲一样，这成为丽娜小小年纪就隐隐作痛的一个心病，她幼小的心灵一直被这个隐痛折磨。

丽娜终于恍然大悟，她突然明白了什么叫生活作风，什么叫生活作风错误。有些事，不明白怎么都不明白，说明白立刻也明白了。随着年龄的增长，说开窍就开窍了，她突然想明白为什么人们喜欢在背后说吕红英坏话，为什么总是在丽娜面前说着说着，又突然不往下说了。搬往省城以后，吕红英与居焕真之间经常会有口舌，丽娜并不知道他们为什么事在争吵，为什么永远在生气和赌气，有时候根本不为什么，不为什么也要吵。他们显然不太愿意当着丽娜面吵，显然还有什么隐秘的事，不想让女儿知道，吵着吵着有些忍不住，会不顾一切地说出很过头的话。

有一天，经过一段时间冷战，家里只有居焕真和她两个人，居焕真跟已读初中的丽娜谈了一次话。“如果我跟你妈妈分手，我是说如果真的分开，”居焕真很认真地问女儿，“你愿意跟谁呢？”丽娜不知道怎么回答，毫无疑问，当时如果非要回答，非要她说出真心话，丽娜更愿意跟着居焕真。可是也不知为什么，她觉得这话不应该说出来。真要这么说了，吕红英知道了一定会很伤心。好在居焕真并没有逼着她一定要作出回答，也就是这么问问而已，随口问一句，很显然，他也知道这问题不好回答，没办法回答。

丽娜非常担心吕红英会问同样的问题，那一段日子，他们吵得不可开交，像所有的独生子女一样，她很担心父母真会离婚。不过这种担心很快不复存在，丽娜在不知不觉中改变了看法。首先，吕红英从没这么问过，她从没在女儿面前表示过想离婚。其次，一个家庭不应该总是处在战火纷飞的硝烟中，丽娜在一天天长大，她觉得他们真离了，也没什么大不了。事实上，那些经常吵架的父母，根本不怎么顾忌小孩的感受，他们不担心孩子，孩子为什么要担心他们呢。丽娜有个女同学就是父母离婚，这位女同学与丽娜关系非常好，她告诉丽娜，与其看着父母吵来吵去，总说一些彼此伤心的狠话，还不如干脆让他们离了好。离婚的父母会觉得自己亏欠孩子，真要是离了，反而会对孩子更好，更舍得在孩子身上花钱，因为他们都想讨好孩子。

女同学的一番话，彻底颠覆了丽娜原有的想法。她告诉丽娜，父母要离婚，通常都是因为他们彼此厌倦了对方，更愿意和别的女人或别的男人在一起。她告诉丽娜，男人不再爱女人，或女人不再爱男人，是因为他们心里已经有了别的女人或男人。丽娜开始思索，开始想象自己家里是否还存在着别的女人或别的男人。有一天晚上，差不多已经半夜，丽娜被隔壁房间的异样声音惊醒了，她觉得不可思议，居焕真出差在外，吕红英一个人睡在自己卧房，为什么会有那么大的动静呢。

丽娜蹑手蹑脚来到母亲房门前，门关着，里面的声音其实并不太响，可是一阵一阵穿透力很强，那种十分怪异的尖叫声，一会儿有一会儿又没有了。夜深人静，刚上高中的丽娜困惑了一会儿，终于无师自通地有点明白，她明白那是什么，明白那应该是一种什么样的声音。一旦意识到这一点，她立刻感到血正在猛烈地往脸上涌。难道出差在外的父亲居焕真回来了，或难道家里来了别的男人？无论是谁，无论哪一种答案，都让丽娜感到一种极度的恐慌。她脸上火辣辣的，深陷在迟疑之中，过了一会儿，突然落荒而逃，回到自己房间，用被子将自己的头捂了起来。

第二天一早去学校，她走得早，走时母亲房门还关着，吕红英还在睡觉。上课时丽娜仍然在想昨晚发生的事，一想到这事她又忍不住会脸红，血液又一次往脸上涌。下午放学回去，吕红英已先到家了，正在做晚饭，丽娜赶紧往四下打量，没有发现其他人。跟她预料的一样，居焕真显然还没回来，那么昨天晚上在母亲房间里的又会是谁呢？吕红英若无其事，好像什么事也没发生过，她注意到女儿神色有些异常，便问是不是学校里遇到了什么不愉快的事情。丽娜说没什么，吕红英说没事最好，没事赶快吃饭，吃完饭好做作业。

现实生活中，吕红英很少过问女儿的学习，丽娜天生喜欢用功读书，天生成绩就好。吃晚饭时大家都不说话，好像根本没什么话要说，丽娜知道自己不可能开口，不可能主动去问母亲昨天夜里发生了什么，但是没办法阻止自己去想这件事。她觉得不应该去想，偏偏小脑袋瓜里总是在琢磨，在回忆当时的情形，在想象当时可能会有的场景，那种奇怪的声音仿佛挥之不去的苍蝇，就那么两三只苍蝇，始终在耳边萦绕，忽远忽近地在周围盘旋。

吃完晚饭，丽娜回房间做功课，吕红英收拾碗筷，回她的卧室看电视剧，母女俩互不干扰。吕红英看电视，喜欢把声音开得很响，好像从来也没想过电视里的声音，会影响到女儿做功课。丽娜属于那种一做功课，就能够全身心投入进去的女孩，不用花很大气力，就可以在年级排名中获得一个非常好的名次。接下来一段时间，丽娜希望她能像以往一样，沉浸在自己的作业里，可总是忍不住要走神。吕红英房间里电视声音很响，女主角在大声抽泣，到后来，干脆哇啦哇啦惨叫起来，再后来，哭着喊着的声音突然静止，突然什么声音都没了。

再后来丽娜出去上厕所，她注意到母亲卧室的房门关上了，电视似乎还开在那儿，仔细去听，好像又有了那种奇怪的声音，声音虽然很轻，听不清楚，但是仍然可以听见。听了一会儿动静，丽娜又回到房间里去做作业，这一次，她没有关上房门，而是在自己的小写字桌上竖了一面小镜子，这样就可以通过镜子的反射，监视客厅里的动静。终于，吕红英也出来上厕所了，丽娜注意到她从自己卧室里走出来，似乎还往女儿这边扫了一眼，又回头看了看自己房间，好像是在看什么人，看上去似乎非常心虚。丽娜用最快的速度冲进母亲卧室，卧室里没有任何人，电视机还开在那儿，丽娜看了看床底下，又打开衣橱，很显然，这个房间里根本不可能有人。

这时候，吕红英回来了，很吃惊女儿会在，瞪大眼睛看着丽娜，不明白她为什么会过来，为什么会出现在自己的房间里。

“你有什么事？”

“没什么事。”

丽娜继续回去做功课，吕红英关灯睡觉，这次没有关上房门，卧房门一直敞开着。高中生课外作业永远也做不完，第二天是星期天，丽娜决定晚点睡，准备把自习资料上的习题一鼓作气全部做完。每当情绪出现什么波动，每当她心情不太好，一道接一道地做习题，便会成为一种有效的排遣。用功读书也可以成为一剂对抗无聊的小药丸，但是那天晚上显然是个意外，丽娜心不在焉，总会有一种错觉，总会觉得有那么一种声音，从吕红英卧房悄悄地传出来。

2

吕红英最后选择了自缢身亡，地点是医院的厕所，时间是深夜。这个结局很惨烈，事情发生后，所有人都想不明白为什么，都觉得很可惜，太突然，她毕竟太年轻，连四十岁都没到。没人向丽娜描述具体细节，得到的消息只是你母亲死了，那个叫吕红英的女人自杀了，在女厕所里将自己吊死了。大家都在很惆怅地议论，都在说这个事太不幸，说这个事不可思议。不过事情已经发生，也没什么办法再挽救，只能希望丽娜不要受这件事影响，不要去多想。很快要高考了，现在最重要的任务是准备高考，对于一个在读的中学生来说，天底下没有比高考更重要的事，丽娜一定要考好，能考一个好成绩，考上一所好大学，这是对死去的吕红英最大的安慰，也是能报答母亲养育之恩的最好办法。

丽娜最后没让大家失望，她不负众望，考上了省城最好的大学，考上了最热门的专业。临上考场那天，同学们都非常紧张，一个个神色恐慌，一个个面如菜色，只有她红光满面，泰然自若，信心十足。班主任瞿老师送考生进考场，在考场门口，他像会发气功的大师一样，伸出厚厚的手掌，在同学们的脑门上挨个儿轻轻按一下，据说这样可以给考生带来好运气。轮到丽娜，班主任汗湿了的手掌放在她脑门上，时间明显要比别的同学都长，瞿老师笑着说别人我还有些担心，你居丽娜我真是一点都不会担心，你是最棒的，你是最好的，你一定会考好。

拿到录取通知书那天，丽娜决定跟居焕真开诚布公地谈次话，跟他认认真真谈谈自己母亲吕红英。高考是道很重要的门坎，一旦迈过去，人生便会是另外一番风景。丽娜意识到自己突然长大了，突然就变成熟了。她再也不是那个说话带着家乡口音，来自小县城有点自卑的小女孩。现在的丽娜已从丑小鸭蜕变成为白天鹅，不仅是让人羡慕的尖子生，是高考快班里的学霸，还是很多男生的梦中情人，一个实实在在的小美女。她出现在什么地方，目光就会追随到什么地方。该死的高考终于结束了，年轻人压抑已久的心情，终于得到了最充分的释放。

高考一结束，该做的不该做的，能做的不能做的，立刻不可思议地都发生了。大家好像突然之间有些肆无忌惮，丽娜在同一天里收到了三封情书，其中一封情书最奇葩，几乎就是一封公开信，上面有五个男生的亲笔签名，这五个家伙别出心裁，采取了同时向丽娜表白的方式，希望她能在他们中间挑一个幸运者。这样坦然的求爱更像是游戏，丽娜丝毫没有感到意外，而是非常喜欢。你像一朵美丽的鲜花那样盛开，你在哪里，哪里就是春天，这句话明显是讨好，出自一个男孩子写给她的情书，丽娜看了很开心，十分享受这样一句话，然而落花有意流水无情，过多的追求者反倒让她眼花缭乱。

丽娜开始变得想说什么就说什么，这一点，她很像她母亲吕红英。高考已结束，再也不用压抑自己，明知道提出的两个问题会将居焕真吓到，会让他难堪甚至愤怒，可是该问的还是要问，必须得问，毕竟丽娜等待这两个答案已很久了。事实上，自从吕红英自缢，丽娜在内心深处，早已向居焕真问过无数遍，她一直在追寻谜底，一直在等待答案。憋在肚子里的两个问题都很尖锐，第一个问题，她究竟是不是居焕真的亲生女儿。第二个问题，吕红英是不是还有别的男人，或者换个角度，居焕真的生活中是不是还存在着一个别的女人。

这两个问题不可能不让居焕真大吃一惊，那一段日子，因为女儿考完了，大学录取已十拿九稳，他正在考虑如何跟女儿谈谈自己的再婚，正在考虑应该怎么向她解释交代。丽娜没考上大学之前，居焕真绝对不会跟女儿说这事，虽然这个事早已经水到渠成，早已经木已成舟。经人介绍，一个叫龚亚琴的女人走进他的生活，一段时间交往以后，他们开始谈婚论嫁。万事俱备，只欠东风，没想到女儿会突然抛出这么两个问题，对于前一个问题，并不难回答，居焕真从来没这样想过，这是不成问题的问题。

后一个问题难以回答，先说吕红英，不能说居焕真没有产生过任何怀疑，毕竟有过一些闲言碎语，但是从来也没抓到过什么真凭实据。他可以承认，对自己前妻确实缺少必要了解，他们结婚，属于那种说结婚就结婚了，谈恋爱的时间很短，甚至可以说基本上就没怎么谈情说爱。是别人介绍的，大家都觉得他们合适，都觉得他们般配，于是他们自己也觉得很合适很般配。在整个服役期间，虽然远隔万里，居焕真从未想过吕红英会对自己不忠，在那个特定年代，破坏军婚是很严重的罪名，军婚是一道绝对不能碰的高压线，没人敢冒险与军人的妻子通奸。

至于他自己，在广州当兵期间，不可能对妻子不忠，根本不可能有那样的机会。转业到省城，所在的邮电部门非常吃香，所处的工作岗位经常会接触其他女性，他属于思想比较保守的男人，已经习惯了那种呆板生活，从未想过和妻子之外的女人发生关系。在居焕真的生活圈子里，通奸是很可耻的事。自从当了兵，他一直住集体宿舍，过集体生活，结婚后仍然如此，身边有很多像他这样的男人，婚前是没老婆的单身汉，婚后是有老婆的单身汉。

居焕真不知道该如何向女儿解释，如何才能说清楚自己与吕红英的关系。对于他们的婚姻，男人和女人的态度可能会不一样，在居焕真的现实世界中，他们的夫妻生活就是合法探亲，仿佛电视《动物世界》

中的交配季节，每年快到日子了，他便会有那种迫不及待的冲动。金风玉露一相逢，便胜却人间无数，说起来很美很有诗意，然而让一个健康男人真正面对，会非常痛苦。夫妻恩爱的实质是什么呢，在分居的那段日子，居焕真饱受煎熬折磨，对妻子的思念连绵不断，究竟是情爱还是性爱，真还说不清楚。

因此，对于女儿突然提出的两个问题，无论容易还是不容易，居焕真都觉得没必要认真回答。或许平时太缺少交流，或许父女之间讨论这样的话题有些尴尬，居焕真沉默了。很长时间的沉默，让丽娜坚定了自己的设想，让她认定居焕真已经默认，已经默认了这两个事实。第一个事实，她的出身确实可疑，真相就像丽娜所猜测的那样，她与居焕真之间并没有血缘关系。第二个事实，或者吕红英，或者居焕真，或者是他们两个人都存在着第三者。

隔了很长时间，居焕真突然意识到，虽然这两个问题让人感到不快，似乎不应该对女儿表示沉默，他板着脸，非常不高兴地说：

“为什么你会想到这么两个问题，为什么要胡思乱想呢？”

3

进入大学的丽娜完全变了一个人，以往让她感到自卑的那些因素，现在全都变成了自信。小时候，她总是觉得自己太高，在学校里个子太矮不好，太高也不好。丽娜身高 1 米 72，显得有些鹤立鸡群，一来是因为发育得早，她就跟留级生一样，总显得比别的女同学要高出一头。读书好的女孩子大都是矮个子，不仅女孩子矮，连男生都矮，所谓快班，几乎就是矮个子的天下。一个个都面如菜色，一个个都仿佛营养不良，只有丽娜显得很白净，她是天生的白皮肤，天生的容易脸红。有一次，听见几个调皮的男生在议论女生的傻大个儿，议论女生的胸大，她从此走路都是低着头，哈着腰，就好像犯了什么错误一样。

进入大学以后，丽娜开始昂头挺胸，为了纠正自己缩颈哈腰的坏习惯，她开始练习瑜伽，开始练习健身操。作为一名理科优秀的学生，丽娜选择了读文科的新闻系，读起书来几乎不用花费任何力气。有一天，许久不见的姑姑突然出现在面前，她是过来通知丽娜去参加自己弟弟的婚礼。对于居焕真的准备再婚，丽娜已经有所耳闻，因此姑姑说明来意的时候，她并没有觉得太吃惊，天要下雨娘要嫁，如果换成吕红英，丽娜几乎可以肯定，同样也会再嫁，她很可能会嫁一个比居焕真更出色的男人。

姑姑显然是感觉到了丽娜身上的变化，她用一种异样眼光打量着侄女儿，好像有很多话要说，又觉得说不出口，不知道从何说起。在丽娜面前，姑姑一向都是托大，永远一副有恩于人的样子，经常会把那句“我对丽娜比对自己女儿还好”挂嘴上。她不知道丽娜内心深处，完全不认同这种所谓的好。事实当然不是这样，真相是拿了吕红英交给她的生活费，帮着代为照管小孩，根本谈不上什么比对自己女儿还好。

时间是上午最后一节课下课，姑姑堵在教室门口，如果说丽娜真有什么意外，无非是没想到这次见面，会在这个时间这个地点。简单地互相问候，丽娜领着姑姑去食堂吃饭。姑姑说明来意，说你妈过世也好几年了，你也上大学了，你爸爸还是应该找一个人，我跟你说，你爸现在找的这个人还不错，我们都觉得龚亚琴这人还不错，虽然没有你妈长得漂亮，但是人还不错，看上去就本分，我们都觉得蛮好的。丽娜对姑姑的话基本上没反应，由她去说，说到最后，姑姑很严肃地强调了一句：

"你爸这次结婚，你一定要去。"

丽娜冷冷回了一句，故意用一种模棱两可的语气："我好像没说不去！"

丽娜脸色不太好看，态度很冷淡。姑姑说，你能答应去就好，能去就很好，你如果不去，别人肯定会有想法，背后肯定有人要说。姑姑又说，我知道你是个听话的好孩子，知道你会顾全大局，我早就跟他们说过，我们家丽娜从来都是乖巧懂事。她唠唠叨叨的样子让丽娜心烦，多少年来，这位姑姑一直都是这样自以为是。居焕娟出身农村，她这辈子的最大成功，就是嫁了一位拿国家工资的小学教员，从乡村搬到了镇上。虽然现在农村户口和城市户口没什么太大区别，可是她总会有那种优越感，始终觉得自己高人一等，是这个家族女人中的佼佼者，是居家的大姐大，动不动就对丽娜伯母和婶婶指手画脚。居焕娟不喜欢吕红英的一个重要原因，是这个出身不如自己的弟媳妇竟然也是城里人，而且还有个正式的城市户口。吕红英所在的乡镇，在当年是一个很穷的地方。

食堂里人很多，排队买饭菜的时候，丽娜突然意识到站在身边的姑姑非常矮，真的很矮，足足比自己矮一个头。过去因为总是那么盛气凌人，丽娜对她常会有一种莫名其妙的畏惧，居焕娟在家里颐指气使，习惯了呼风唤雨，大家都让着她，都有些怕她。都说姑父是个老实人老好人，都说他最怕老婆，凡事都让着居焕娟。一想到多年不见的姑父，丽娜便想起阁楼上的一幕，那一幕早模糊了，她甚至已记不清楚这男人对自己做了什么。丽娜心里闪过一个念头，如果把他做过的丑事真说出来又会怎么样。她相信姑父肯定会同样对待他那些小学生，他肯定也会对那些无辜的小学生下手，像他这样内心委琐的男人，甚至都可能去猥亵自己女儿。姑父喜欢跟小女孩玩，小女孩也喜欢跟姑父玩，丽娜想到自己的表姐，小时候，这个表姐常常会欺负丽娜，后来她没考上好大学，拿了个非常差的大专文凭，听说表姐和父母关系很不融洽。

吃完饭，姑姑很热心地要去看看丽娜的宿舍，丽娜说宿舍有什么好看，我们宿舍乱得很，像狗窝一样。姑姑说她能够想象出来，能够想象出她们房间会有多乱。丽娜十分不情愿地带姑姑去宿舍，宿舍里还有其他同学，进去以后，姑姑往四下看了看，也不多说什么，笑着跟大家打了个招呼，一屁股坐在丽娜床上。同学们正聊天，进来一个陌生人，也不好往下再说什么。一时间，大家都不说话，姑娘们看书的看书，听耳机的听耳机。姑姑不知道如何应付，便喋喋不休地对丽娜说话，说你妈活着的时候，那时候她还在剧团，文革还没结束，你妈刚跟你爸结婚，我去看过你妈，她也是住集体宿舍，也跟你们现在差不多，也是一个房间住好几个人，那时候剧团好像都穿军装，都跟当兵的一样，宿舍里非常干净，被子叠得方方正正，毛巾挂得也整齐，整整齐齐，连漱口杯子都是一样的，上面还印着几个字，你知道是什么字，是“为人民服务”，对了，那时候连剧团都不叫剧团，叫什么，叫县文工团。

丽娜知道如果不制止，姑姑会一直没完没了说下去。一直说就一直说吧，她忽然产生一种非常恶作剧的心理，让同学们好好看看自己这位姑姑的表演，让大家看看她是多俗气，看看她是一个多会唠叨的女人。居焕娟开始埋怨吕红英不会照顾侄女儿，说她不是个称职的母亲，生活作风上也不注意小节，不懂得关心别人，像她那样的女人说老实话根本不配当母亲。宿舍里本来很安静，空气中回荡着姑姑的声音，只要她那种烦人的声音一停下来，会变得更加安静。居焕娟注意到了丽娜的心不在焉，可就是嘴停不下来，像按下了录音机播放按钮一样，结果只能像丽娜预料的那样，一直在说，一直在唠叨，说到最后，终于不再往下说了，气氛立刻变得有点怪异，正在看书的女同学抬起来头，看着已住口的居焕娟，听耳机的同学也有所察觉，也转过头来看她。

居焕娟叹了口气，说："我知道你丽娜不喜欢听这个，我知道你不喜欢我说你那个母亲的坏话。"

丽娜冷笑着，回了一句："可是你一直在说——"

"我也是不想说。"

"不想说，最后还是说了。"

丽娜很奇怪自己会用这种态度与姑姑说话，她从来也没跟姑姑顶真过。过去很多年，丽娜一直都是逆来顺受，一直在忍受她的唠叨，心里早就烦透了这个长辈。姑姑显然也感到很意外，因为意外，接下来反倒不知道说什么好了。居焕娟不是个能管得住嘴的人，只要是不再唠叨说话，就仿佛不存在一样。她瞪大了眼看着丽娜，心里还在想应该说些什么，可是丽娜的神情很明显，根本不想再听她说什么。

然后就是离开女生宿舍，丽娜送姑姑下楼，送她去汽车站。一路上有些沉闷，去车站要走好一会儿，丽娜很想利用这段时间，跟姑姑好好谈谈自己的母亲。不是那种在背后说死者坏话，在过去的岁月，丽娜有意无意已听到了太多，现在，她很想心平气和地讨论，听姑姑实事求是地说些什么。关于自己母亲吕红英，丽娜有着太多不了解，有着太多的疑问，很多细节需要澄清，许多迷雾需要拨开。许多历史需要解释和还原，她不过是想获得事实真相，其中就包括萦绕在心头已久的身世之谜。丽娜相信，只要姑姑愿意，只要姑姑真的知道，她会说出真相，她并不是个守得住秘密的人，很可能她根本不知道丽娜的亲生父亲是谁。

4

没人告诉丽娜真相，真相正躲在不为人知的角落里冷笑，必须要靠她自己去寻找。居焕真的婚礼如期举行，双方都是再婚，谈不上多热闹。继母龚亚琴对丽娜很客气，见面也不多说什么，笑脸相迎，大家客客气气。她有个儿子，再过几年也要考大学，因为丽娜是个好学生，考上了好的重点大学，因此龚亚琴更喜欢把她当作榜样，把“我那个儿子要是能和你一样就好了”挂嘴上。龚亚琴是离婚的，前夫已再婚，儿子和爷爷奶奶生活在一起，她搬过来与居焕真住，原来这边的家具卖了一部分，换了一张新床，那些属于吕红英的遗物，都放进了丽娜的房间。

丽娜平时住校，难得回家住，偶尔回来，也是关了房门躲进房间，基本上不出去敷衍。她开始认真研究母亲遗物，翻看吕红英留下的那些信，还有她笔记本上的记录。吕红英小学毕业后就没再上学，可是她很喜欢读书，喜欢写笔记。让丽娜感到吃惊的是，在读书笔记之外，她居然还给居焕真写过很多情书，这些情书看上去更像是日记，零乱拉杂，五花八门，什么都说都写，有学习班上的感想，有发言稿，有批判稿，有思想汇报，有新发表的毛主席诗词解释，还有剧团里男女演员之间错综复杂关系的描述。看得出吕红英心里非常混乱，她喜欢在笔记本上乱写，在情书中尽情发挥。

有一封信中的结尾处，吕红英竟然写了这么一句，“我希望你居焕真尽快回来那个我，尽快回来，我要你睡睡我”。如果不是亲眼所见，丽娜说什么都不会相信，她会使用这么火烫热烈的字眼，会这么赤裸裸不加掩饰。虽然出身于农村，只读到小学毕业，吕红英一手钢笔字却十分娟秀，就跟她的相貌一样，有些东西是天生的，天生地就是好看。根据笔记本上的文字记载，吕红英显然还给别人写过很多信，她就是喜欢写，喜欢写信，具体是什么内容不得而知，丽娜所能见到的那些书信文字，都是她写给居焕真的，因为是写给他，所以才得以保留下来。

只有一封信是例外，这是一封信的草稿，开头部分已被销毁，也没有办法判断是写给谁的。收信人毫无疑问是一位男性，吕红英对这个人很崇敬，说话有一点小心翼翼，信很长，显然不是一天写的，断断续续写了很久，前言不搭后语，好像根本不打算寄出去，写到最后，写信人自己也不知道打算说什么。在这封信中，吕红英表达自己的好感，表达了自己的仰慕之心，文字越来越暧昧，越来越晦涩，有一段文字干脆就是梦境描写，也许为了掩饰什么，这段奇怪的梦境不时被加注，被解释，强调是在做梦，是不真实的，是希望能够在现实世界中发生。它看上去更像从一本外国小说中摘抄下来，写着写着，竟然还出现了稀奇古怪的外国人名和地名。

丽娜相信，母亲遗物中一定隐藏着秘密，吕红英绝不会无缘无故地自杀，世界上所有的死亡都会有原因，只是我们不知道。丽娜还相信，居焕真肯定也检查过这些遗物，肯定也曾在遗物中寻找过答案。对于吕红英的自杀，他肯定与丽娜一样，充满了困惑，心里一直在想为什么，为什么她要选择倏然而去。世界上并不是所有疑问都能找到答案，存者且偷生，死者长已矣，对于今天的居焕真来说，再婚就是重生，就是和过去的生活告别。也许，也许大家都知道答案，真正蒙在鼓里的只是丽娜。自从那次谈话以后，丽娜发现自己很害怕与居焕真单独面对，虽然谈话没有结果，虽然谈话不了了之，父女之间以往的那种亲密感觉，几乎荡然无存。最后一层窗户纸捅破了，剩下的只是那些客套，只是非常勉强的敷衍。现在她显得很多余，这个家里有没有丽娜，已变得一点都不重要。

好在可以住在学校，可以有各种借口赖在寝室不回家。每到星期五，丽娜都会跟在电信部门上班的居焕真通次电话，那时候还没有手机，居焕真有个单位里发的寻呼机，一打过去，他便可以立刻回拨过来。每次通电话，丽娜总会告诉他自己有事，要准备考试要准备作业，要参加什么培训。居焕真似乎也早有这方面的心理准备，知道她会这么说或者那么说，从电话的语气中，可以听出他有些不痛快。再后来，居焕真换了个可以留言的中文寻呼机，这为丽娜提供了方便，她再也用不着在电话里跟他说话，跟他解释，而是直接用留言的方式，告诉居焕真周末不回家。

到了寒假，丽娜很想赖在学校里不回去，可是同学们迫不及待地都走光了，连两名来自新疆的同学也回家过年去了。学生食堂也基本上关门，她没有不回家的理由，只能很无奈地回去。回家的感觉非常不好，这让她意识到自己其实还没有真正长大，还不能够完全独立，还不能够彻底地与过去告别。继母龚亚琴依然是笑脸相迎，欢迎她回去，但是这种欢迎，更像是一种主权宣示，向丽娜表明她已经是这里的女主人。这更增加了丽娜无家可归的不适，好在可以躲进自己房间，她可以尽可能地躲在房间里不出来。

春节期间，居焕真带着龚亚琴和丽娜回了一趟老家，有一个老战友做生意发了财，成为当地的名人和显贵，为居焕真安排了一辆小车。那年头还没有什么私家车，居焕真在部队时就会开车，转业到电信部门上班，找他求助安装电话的人很多，他的门路也开始神通广大起来，通过关系弄了一个驾照。此次回老家探亲，既然有哥们提供小车，他便开着车到处露脸。大家对他的新婚妻子很客气，龚亚琴没有吕红英漂亮，毕竟年轻了好几岁，性格也热情开朗，跟谁都能说话聊天。居焕真俨然一副混阔了的模样。当然，那几天最出风头的还是丽娜，万般皆下品，唯有读书高，一个考上了重点大学的女生，很容易成为谈话中心，成为孩子们学习的好榜样。无论在县城，还是在乡间，做爹妈的都羡慕居焕真，独生子女一代开始进入了高考，孩子能否考上大学考上好大学，是所有家长心目中最头等的大事。

此次行程即将结束，居焕真喝醉了，他的酒量一向很大，这是丽娜的印象中，他第一次喝醉酒。用龚亚琴的话来说，居焕真此次喝醉，是因为心里太高兴，是因为太得意了，因为他带着一个学习成绩好的女儿到处露脸。无论是谁，拥有一个像丽娜这样争气的好女儿都会感到骄傲，都是前世修来的福分。龚亚琴终于找到一个倾诉的好机会，她说丽娜你是不知道，你真的是不知道，在你爸爸心目中，你那位置是多么重要。你不知道每次快到周末，你爸他就会念叨，说也不知道丽娜这个礼拜能不能回来，会不会回来，他真的是经常提到你，怕你在食堂里没什么好吃的，怕你缺钱不好意思跟他开口，怕你这样，怕你那样，就怕我这个当后妈的会委屈了你。

居焕真扶着门前的一棵老树呕吐，他真的是喝醉了，吐完，抱住老树不肯撒手。老家现在只剩下大伯一家，叔叔家也搬到县城去住了，那天是正月初三，大家在老家聚会，除了居焕真一家三口，姑姑和叔叔全家也都到齐了。居焕真难受的时候，丽娜便在他身后帮着捶背，帮他吐干净。居焕真吐成那样，嘴上还硬，还一个劲地说自己没醉，没喝醉，只不过是喝高了一点点，只是最后那杯酒喝得急了一些。居焕真醉酒后表现出来的天真劲，让丽娜感到很亲切，唤起了一种久违的回忆，让她想起了很遥远的童年，想起了吕红英，想起了当年也曾有过的聚会，身穿军装的居焕真回来探亲，孩子们都非常羡慕丽娜，因为那个解放军是她爸爸。

父爱像清泉那样涌上了心头，丽娜很奇怪此时此刻，自己又会有这种温馨感觉。连日来，常会听到一些她小时候的故事，隔着时间面纱，这些从长辈嘴里聒噪出来的童年，听上去更像在说别人，在说一个与丽娜毫不相干的女孩。人们提到了她小时候对姑父的依恋，说她把姑父当作了父亲，后来才知道自己真正的父亲应该是居焕真。说她总是对异性更亲切一些，在姑姑和姑父之间，她喜欢姑父，在父亲和母亲之间，更喜欢父亲。丽娜明白他们所说的意思是什么，他们的意思很简单，无非是说她自小就有着很强烈的恋父情结。

5

不管是经过了别人提醒，还是自己顿悟，丽娜不得不承认大家的看法没错。确实从小就有一种很强烈的恋父情结，她不得不承认这个事实，过去的岁月里，自己始终都在寻找父亲，都在渴望父爱。父亲这形象在心中有着特殊地位，正如大家说的那样，小时候，很可能误把姑父当作了父亲，她一直和姑姑姑父生活在一起，真把姑父当作父亲也不奇怪。后来明白认错人了，对父亲的那份依恋，很自然地转移到了居焕真身上。

反正大家都这么说，说丽娜在不懂事的小时候依恋姑父，一看到他就伸开双手要抱。很多事无所谓真假，说多了就是真相，说多了就相信了。事实上，丽娜记忆中，隐约能记住的是他脸上扎人的胡子，还有阁楼上的怪诞行为。长期以来，她一直都觉得这是个秘密，不能把它说出来，经过岁月洗礼，现在就算是再说出来，别人也不会再相信，连丽娜自己也不太愿意相信了。

丽娜家住的那个小区，有个变态老太太，夏天洗了澡，喜欢赤身裸体在房间里走来走去。这家就一对老夫妻，有时候，老头也学老太的样子光着身子从浴室里走出来，由于两家正好相对，丽娜房间窗户很清楚地能看到这一切。这家从来不拉窗帘，明知道对面窗户下坐着一位正在做功课的小姑娘，老太太明知道别人可能会看到，然而就是喜欢光着身子在房间里招摇。很显然，吕红英也不止一次看到这一幕，有一天晚上，丽娜在房间里写作文，吕红英进来给女儿送衣服，一眼看见对面房间走来走去的老太太，便盯着她看，看了一会儿，非常气愤地骂了一句：

“天底下怎么会有这么不要脸的老不死的女人！”

丽娜头也不抬，跟着嘀咕了一句：

“死不要脸的老东西！”

也许是习惯，有些事习惯了，就不太当回事。有时候，丽娜独自一个人做作业感到疲乏，便用手托着下巴，观看对面的西洋景。虽然隔了一段距离，可以感觉到那老太太的身坯很高大，又肥又胖，一头白发，下身却仍然是黑的。丽娜不明白她为什么要这样，省城的夏天很热，那时候空调还不普遍，老太太浴室出来，必定要对着电风扇吹好一阵，一边吹，一边不停地扭转身体，一边跟老头说着什么。

第二天，丽娜母女公交车上碰巧遇到了这对老夫妇，一眼互相都认出来了。老太太有座位，挺直了腰杆，十分坦然地坐在那儿，老头拎着大塑料袋站她身边，一个刹车，老头没站稳，跌在老太太身上，吓得老太太骂骂咧咧地大叫起来。车上人看了都笑，丽娜也忍不住要笑，只有吕红英板着脸，冷冷地看着。老太太注意到了那不友好的眼神，丽娜明白吕红英为什么会不友好，她现在肯定跟自己一样，想起前一天晚上的情景，想起老太太赤条条的样子。说吕红英是冷眼都不确切，可以说是怒目而视。老太太在吕红英逼视下，把目光移向了别处。

下了公交车，老太太和老头走在前面，丽娜注意到老太太比老头高出许多。老太太昂首挺胸，一头发亮的白发跟刚染过一样，老头又瘦又矮，拎着大塑料袋走在旁边，看上去样子有些可怜。丽娜母女走在后面，想不看他们都不可能，吕红英忽然回过头来跟女儿说话，说这老太太下次再那样赤身裸体地晃来晃去，她就打电话报警。丽娜听了咬着牙笑，虽然当时还是个刚上中学的小女生，她也知道这种事警察是不会管的，警察管不了。

从此丽娜脑子里有一幅老太太和老头在前面并排走的图像，这图像不知不觉会冒出来，它代表着一种不和谐。老太太太高，老头太矮。男女站一起，女的比男的高出一截，想来想去总觉得不合适。丽娜心里就在盘算，以后若要嫁人，一定要嫁个比自己高的男人。女人不应该太高，不可以太高，吕红英就太高了，看上去比居焕真高。其实差不多高，因为吕红英是女的，女人看上去会显得高一些，如果两人不是并排走在一起，谁都会觉得她比居焕真高。

丽娜不知道居焕真会怎么想，会不会觉得吕红英太高，反正作为女儿，她总觉得母亲有些看不上父亲。为什么会有这印象，说不清楚。也许是因为身高，问题不是居焕真太矮，是吕红英太高。丽娜一直都觉得女人太高了不好，太高了就是问题。吕红英曾经报怨过自己的身高，在县剧团当演员，老是不让她演女主角，有个很重要的原因，就是因为她太高。舞台上第一号男主角通常都是英雄人物，女主角个子高，会显得不般配，会影响男主角的高大全形象。

丽娜自小就因为身高感到自卑，她看上去总是要比班上其他女生高出一截。小学还没毕业，身高已和母亲差不多，那一阵，几乎天天都在长个子，买的衣服穿了没几天，已经嫌小了。和居焕真走在一起，她觉得自己又高又傻，都不好意思有什么亲热的举动，别的女孩子喜欢拉着父亲的手走路，她也很想这样，很愿意这样，可是她觉得自己太高了，和父亲并排走，会衬出他的矮小。父亲的形象应该高大，她跟他走在一起总觉得会有些异样。

当然，还有一个更重要原因，丽娜隐约地相信，母亲不愿意看到他们父女有亲热举动，她不太愿意。丽娜自小依恋父亲，更希望能和居焕真待在一起，她更喜欢他。吕红英对女儿表现出来的母爱，永远是淡淡的，说没有也有，说有，也真谈不上太多。丽娜直到快上小学，才真正地和她生活在一起，母女居住在小县城里，房子也不大，还是原来的集体宿舍，只不过是同住的人搬走了。基本上都是吃食堂，丽娜跟着母亲一起过集体生活。吕红英名义上是演员，好像也没什么角色让她去演，有一阵，不只是她不演出，整个剧团都无事可干。

丽娜比吕红英更盼着父亲回来探亲，居焕真人在广州，那地方改革开放的步伐要快，每次回来都会带些内地不太能看到的小玩意，带拉链的塑料铅笔盒，五花八门的水彩笔，可以折叠的雨伞，还有女孩子穿的花衣服。这些东西很吸引别人眼球，一时间，丽娜会产生自己是县城小公主的感觉。记得小时候她常常喜欢问，问父亲什么时候才回来，吕红英会莫名其妙不高兴，说我怎么知道，这个事你得问他，他什么时候回来我可说不准。居焕真往往突然就出现在家里，他总是这样非常突然地就回来了，让女儿喜出望外，让她大吃一惊。丽娜知道吕红英其实知道他回来的日子，她早就有所准备，从来都没有感到过意外，只是不愿意告诉女儿丽娜。

后来，居焕真转业到省城，探亲模式改变，不只是他一趟趟赶回来，吕红英也会去省城，有时还带着丽娜。再后来，吕红英也转业，母女搬去省城。原来不一起住的日子，丽娜盼着父亲能够回家，等到大家都住在一起，一家人终于团聚，没有了那份期待，反倒感到有些失落。居焕真也能感觉到女儿的矛盾心理，她对他又想亲热，又不愿意太亲热。为了不让吕红英心里不舒服，他们父女不约而同地保持着一种克制。在居焕真心头，肯定也与丽娜一样，不明白为什么吕红英会有这种不可理喻的嫉妒心。他总是偷偷地给女儿零花钱，给了，让丽娜别告诉吕红英，怕她知道了又会唠叨。有时候，父女高高兴兴地说着什么，越说越来劲，突然想到吕红英会不高兴，居焕真就笑着对丽娜摇手，或者做个鬼脸，那意思很明显，不能再往下说了，再说你妈又要来找碴，丽娜便会心一笑。

有一次正洗着澡，吕红英突然冲进来，压低了嗓子指责丽娜，怪她没将卫生间的门销上，说你知道不知道自己是个女孩子，知道不知道男女有别，知道不知道女孩子要有保护自己的意识。丽娜不明白她为什么会那么生气，吕红英气势汹汹的样子，仿佛要扑过来揍女儿一顿。这让丽娜感到很委屈，感到很冤枉，这个家没人销卫生间的插销，她从来没销过，居焕真也没销过，吕红英更是不会销。记得有一天晚上，吕红英洗澡忘拿衣服，竟然就从卫生间里冲出来，赤条条地穿过客厅，当时窗帘也没拉，居焕真和丽娜都在家里，被她的行为惊得目瞪口呆。吕红英声音压得很低，在卧房里的居焕真不可能听见，然而从女儿不高兴的表情中，他知道肯定是又受了什么委屈，偷偷地问她怎么了，她也不肯说。还能说什么呢，不想说，也没办法说。

从那以后，只要进卫生间，丽娜会随手将门销上。刚开始还有些别扭，不习惯，经常会忘，到后来也就自然而然。很多事都这样，习惯了就好，习惯了就不再是什么事。丽娜是这个家里唯一上卫生间要销插销的人，好在她这么做，是刚搬到省城不久。那时候她还小，还是个小女孩，这么做，居焕真只是觉得她人小鬼大，很可笑，也没往心上去。吕红英死了，这个家里只剩下父女两人，丽娜依然是每次销插销，因为和过去一样，他也没察觉出有什么太大异样。

6

吕红英突然自杀，事先并没有一点预兆。要说工作不满意，她对自己的工作从来没满意过。要说心情不好，丽娜印象中，吕红英大多数时候心情都不好。要说身体不好，她从来没去过什么医院，平时连伤风感冒都很少。医生说吕红英患了抑郁症，什么叫抑郁症呢，居焕真不明白，丽娜是个中学生，更不明白。那时候还没有网络，也不可能上网去查，问医生讨要说法，一个很权威的主任医生像上课一样，头头是道地说了一大套，病人家属根本也听不懂。反正好端端一个大活人，说没了就没了，大家都不太相信医生的话，人是在医院死的，医院不能说自己没有一点责任，可是经过他们解释，似乎也就没什么责任。人死了不能复生，怎么说都是自杀，家属不相信医生解释，不相信也没办法，除非你能拿出一个更有说服力的理由来。

吕红英死了，很长一段时间，父女之间总是小心翼翼地避免说起她。居焕真怕女儿伤心，丽娜怕父亲难过，都不愿意去触摸那个一直在流血的伤口。过去吕红英在，因为害怕她小心眼，大家都避免过分嬉闹，现在吕红英不在了，睹物思人，柔肠一寸愁千缕，似乎更难再有什么欢笑。居焕真与女儿谈心，说来说去，无非是好好读书，你考上了好大学，你妈妈地下有知，也会高兴的。要不就是，你妈和我都没上过大学，你一定要好好争气，考上一所好大学。丽娜自己，也没什么话能对父亲说，不想说的没必要说，真想说的又说不出口。

毫无疑问，居焕真一定瞒着什么，吕红英不可能无缘无故就自杀。很自然地会想到第三者，大家都会这么去想，不得不这么想。亲戚们曾有过的那些背后议论，那些流言蜚语，那些指桑骂槐，不可能不在丽娜的小脑袋瓜里打转。按照她的想法，如果真有第三者，问题肯定出在吕红英身上。丽娜无法想象父亲也会有第三者，她觉得他不可能这样，为什么不可能，她不清楚，就是顽固地认为不可能。为什么就应该是吕红英，为什么，难道她发现了蛛丝马迹，抓到过什么把柄，显然也没有，然而丽娜顽固地觉得有可能。排解这些胡思乱想的最好办法，是全力以赴认真做功课，将自己置身于题库中，淹没在题海里。丽娜最后能成为学霸，成绩会那么优秀，与吕红英的离去不无关联。埋头学习成了避免胡思乱想的良药，做功课解难题，比弄明白吕红英为什么要自杀容易得多。

事实上，丽娜仍然会琢磨，会毫无头绪地乱想。一开始，难免会沉浸在第三者的沼泽里，她挨个地排查与母亲有过来往的每一个男人。譬如当年在县剧团的那个看门老头，他对吕红英十分热情，每次见到都十分热情，会很主动地告诉有没有她的信。有信，就会摇着信站那儿等她，没信，也会摆手示意，或者摊开手，做出很遗憾的样子。有一次，吕红英母女从外面回来，他举着一封信等候在传达室门口，很郑重地将信交给吕红英，脸上露出一种很古怪的笑容，好像他已经明白信里藏着什么秘密，已经看过信了。丽娜并不知道那封信是谁写来的，她还小，吕红英不会跟她说这个，拿了信就走，看门老头便追在后面喊，很低很神秘地说，你怎么就这么走了，也不谢一声。

丽娜自小就觉得吕红英难以亲近，也不知道为什么，很想与她亲近，就是亲近不起来。上小学以后，离开姑姑家，搬到县城与母亲同住，一开始大家都不习惯，过惯集体生活的吕红英，心思好像从来都不在女儿身上。吃饭了，一起去食堂，吃完饭，丽娜学着母亲的样子，在食堂舀点热水，立刻把饭盒和调羹洗了，各洗各的。上学放学，那是小丽娜自己的事，反正小学也近，和县剧团只隔了两个门牌号码，那年头好像也没人接送孩子，去学校读书都是自己独来独往。说起来也是进入了独生子女时代，社会上宠孩子的风气还不流行，大家条件都不太好，居住条件差，薪水低，对孩子的态度都差不多。

那时候，吕红英已打定主意要转业，要往省城调动。可是仍然要参加剧团的演出，演配角跑龙套，她自己也无所谓，心里有了走人的打算，演什么都行。丽娜去看排练古装戏，演员们没化妆，她根本看不懂在演什么，一个个穿着现代服装，说话怪怪的。演女主角的那位叫汤菊，没事就逗丽娜玩，就跟她说笑。

丽娜也喜欢汤菊，汤菊自己有两个小孩，她说小丫头你知道不知道，你其实真的是我女儿，你爸爸妈妈没有孩子，他们喜欢你，我就把你送给他们了。

这种玩笑话过去就说过，那还是寄养在姑姑家的时候，有一次，姑姑一家带着丽娜到县城办事，中午在剧团食堂吃饭，汤菊很认真地对丽娜说：

“小丫头，你怎么跑这儿来了？”

丽娜理直气壮地说：“我妈妈在这儿。”

“你妈是谁？”

“我妈妈是吕红英。”

汤菊笑了，一本正经地看着丽娜：“你妈不是吕红英。”

“我妈妈就是吕红英。”

“你妈不是吕红英，”汤菊很神秘地看了看四周，对丽娜说，“我才是你妈。”

“你不是。”

“我就是。”

一来一去，斗嘴斗了好几个回合，小丽娜回过头来，向姑姑和姑父求援，没想到他们不站在她一边，反而帮着汤菊继续骗她，说今天说的这些话，千万不能让吕红英知道。丽娜半信半疑，想直接去问吕红英，又没机会开口，吕红英总是匆匆忙忙，忙着接待姑姑一家，一会要干这样，一会要干那样。还是姑父心善，看出她有了心事，真着急了，便偷偷地在背后安慰丽娜，说汤菊那是瞎说的，是闹着玩，别当真。

没人把这话当真，丽娜也不会当真，说过也就说过了。看大人排戏的时候，丽娜脑子里在乱想，瞎琢磨。这个汤菊真要是自己亲妈也好，毕竟她演的是女一号，丽娜觉得女一号这样的角色，应该让她妈来演，吕红英不能演，那么谁演了，谁就应该是她亲妈。胡乱认妈固然可笑，丽娜只不过是随便假设一下，只是在心里想，别人又不知道她在这么想。她知道那不可能是事实，还知道吕红英不喜欢汤菊，汤菊也不喜欢吕红英，表面上她们很亲热，好得仿佛小姐妹，内心深处都恨得咬牙切齿。丽娜印象中，吕红英不太喜欢背后说人坏话，偏偏一提到这位汤菊，便有些按捺不住。

丽娜记忆里，到自己家来过的男人很少，记得居焕真的一个战友来过，在他们家吃饭，饭后与吕红英聊天，聊到很晚，大家一边说一边笑，这是非常难得的场景，丽娜因为这个人和父亲有关，也很愿意跟他嬉闹，因此会留下比较深刻的印象。除此之外，似乎没有什么别的男人了，吕红英更喜欢和女人交往，她说得上话的人都是女的，在县城是这样，到了省城也一样。居焕真对异性常常会表现出很热情的样子，话立刻就多起来，吕红英恰恰相反，在男人面前，总是冷若冰霜，样子十分高傲，基本上没什么话。

用姑姑的话来形容，吕红英属于那种闷骚型女人，什么叫闷骚，丽娜在一开始也无法理解，只知道是个不太好的词，内容很丰富。母亲刚刚离去的时候，丽娜心头多多少少会有怨恨，恨她死得不明白，恨她不清不楚地死了，反倒落下不少话柄。有些话她也听不到，但是每当看到大人们的那些嘴脸，看到她们说话时的腔调，遮遮掩掩欲言又止，她隐约也知道是怎么回事。渐渐地，对吕红英的怨恨慢慢消失。丽娜开始回味自己对母亲的种种爱意，人间最难得兄弟，天下无不是父母，尽管可供回忆的事并不多，吕红英从来都不是一个有很多母爱的女人，然而丽娜还是愿意一桩桩反复地去想。

想多了，有些事就能够想明白，原本不清晰的细节，也会逐渐清晰。随着时间流逝，怨恨不复存在，更多的是对母亲的思念，吕红英不到四十岁撒手人寰，怎么说都应该算一场让人心痛的惨剧。丽娜想起她生前最喜欢看的墨西哥电影《叶塞尼亚》，看了无数遍，丽娜第一次跟母亲去电影院，看的就是这部电影，当时吕红英已经是第四次看。后来有录相机，再后来有VCD机，家里新添了什么放映设备，她一定会去找这部片子，盗版带也好，盗版碟也好，反正一定要找到。真正地百看不厌，电视里只要播放，看到了一定不会再换台。

丽娜清楚地记得那次去看《叶塞尼亚》，上小学一年级的第一个寒假，放假第二天，正好是周末，吕红英说我们去看夜场电影。那年头的小县城，吃完晚饭街头上就没什么人，连路灯都很少，一眼望出去差不多都是黑的。好在县剧团紧挨着电影院。吕红英看着看着，看到后来，感动地哭了，不是悄悄地哭，是轻轻地哭出声来。丽娜便跟着一起哭，她哭，多少有点是因为吕红英在哭，说老实话，当时她太小了，那故事也没看懂。看完电影出来，门口有个馄饨担子，一个戴着棉帽的老头在卖馄饨，炉火正旺，丽娜看着眼馋，吕红英便说：

“妈今天请你吃馄饨。”

吕红英自己没吃，她只买了一碗小馄饨，很耐心地站在一旁，等小丽娜吃完。四下里很黑，有一盏很暗的路灯，吃的人倒是不少，都是刚看完电影，都是站着吃，丽娜有滋有味地吃了一会儿，一定要喂个馄饨让吕红英吃，吕红英说我不饿，看到女儿还在坚持，便说我尝尝味道就可以了，笑着尝了一个，说味道真不错，比我以前吃过的好吃多了。丽娜还要继续喂，吕红英不肯再吃，说尝过一个就行，偏偏丽娜一直在坚持，一定要她再吃，就又吃了一个，又吃了一个。吃完馄饨回到住处，母女洗洗准备睡觉，房间里很冷，热水已经用完，也不能再泡热水袋。吕红英便问女儿冷不冷，正是天寒地冻的冬季，当然是有点冷，相当冷，看着缩手缩脚的小丽娜，吕红英说：

“要不今天你和妈妈一起睡。”

平日里母女都是一人一张小床，吕红英这么说，丽娜求之不得，高高兴兴先钻进被窝。很快吕红英也上床了，母女俩十分亲热地搂抱在一起，在丽娜记忆中，这也算是很少有的场景，非常难得。大家的手都很冷，脚也冷，你碰我一下，我碰你一下，都瑟瑟发抖。吕红英抓住丽娜的小手，说我来给你焐焐，一会儿就会暖和。又问她今天的电影好看不好看，那个叫叶塞尼亚的女主角，与她妹妹相比，哪个更漂亮。丽娜说她觉得妹妹更漂亮，问吕红英这两个人既然是姐姐和妹妹，为什么会不知道她们是姐妹呢。吕红英说你还小，长大了就会明白。丽娜傻乎乎地追问，我会不会也有这样一个姐姐，或者还有个妹妹。吕红英笑了，说傻孩子，你当然不会有。丽娜又问，那么你呢，你会不会有这样的姐姐和妹妹呢，问着问着便睡着了，吕红英接下来说什么，她也不知道。模模糊糊有个印象，吕红英让丽娜把小手搁在自己怀里，那里非常暖和，她的乳房很饱满，很大，乳头很硬，丽娜摸索着，觉得很有意思，很好玩。

有场戏叫《雷雨》，
有个英雄叫俄狄浦斯……

1

丽娜与智仁勇父子在新加坡的相遇十分偶然，智仁勇的儿子叫孟建军，与丽娜和黄小葵一样，孟建军也来自中国大陆，只不过年龄要大出很多，身份早已是副教授，在南洋理工大学进修。丽娜与黄小葵是交换学生，黄小葵是清华学电子工程的，与丽娜同年，要比她高出一级。谁也不会想到，孟建军这个人的出现，会彻底改变丽娜的生活。

能交换到南洋理工大学读书，同样很意外。大学二年级的时候，学校贴出布告，说有一项国际合作项目，要选拔学生去新加坡南洋理工大学做交流生。丽娜不知道这个交流生好还是不好，很多人都报名，她也就未能免俗，跟着别人去报了名。结果面试时，对方老师一眼看上了她，用英语提问，丽娜刚开始还有些紧张，回答难免结巴。面试的老师中英文都显得怪腔怪调，说你笔试排名都第一了，不要紧张嘛，慢慢地说好啦。丽娜听人说过，新加坡人虽然用英语，其实未必好到哪里，顿时有了信心，胆子也大起来，回答问题越说越流畅。对方与她聊了一会儿，非常满意，说你果然是不错，我们就要你了。

南洋理工大学提供一份很不错的奖学金，剩下几年书都要在这里读完。如果不是到南洋理工大学，丽娜不会认识黄小葵，不认识黄小葵，就不会认识孟建军，更不会遇到智仁勇。不遇到智仁勇，丽娜便不会走火入魔，就此沉浸在寻找亲生父亲的迷途中。很显然，一旦进入寻父的茫茫沙漠，她再也走不出来。事情发生得非常突然，到南洋理工不久，丽娜因为普通话说得好，被选为“国际大专辩论会”的参赛队员，又因为要训练，与黄小葵变得熟悉起来。第一届国际大专辩论会就是在新加坡进行，因此南洋理工大学很当个事，很看重这个比赛，平时训练十分认真，丽娜算是正式的辩手，黄小葵只不过是一个陪练。

比赛结果并不理想，丽娜所在的团队付出了很多努力，却莫名其妙地输了。大获全胜的是马来西亚的马来亚大学队，一路过关斩将，最后获得了冠军。尽管没获得好名次，丽娜与黄小葵却成了不错的好朋友，不止是他们关系不同一般，与他女友杨莉薪的交情，也变得不同寻常。杨莉薪是个小巧玲珑的浙江女孩，自费在新加坡上大学，是那种家里很有钱的千金小姐，动不动拉着黄小葵上馆子。她父母和一个舅舅都做餐饮，据说生意做得非常大，有多少钱自己都绕不明白，在国内有很多家连锁店。近朱者赤近墨者黑，杨莉薪是个很厉害的吃户，什么地方有好吃的，绝对瞒不过她，她全知道。上馆子应该点什么，味道正宗不正宗，她天生很在行，每吃一道菜，一定仔细琢磨，反复品味，就像认真的中学老师批改作文一样。

黄小葵跟着杨莉薪吃遍了新加坡，觉得老是这么去吃，花那么多心思，一点都不好玩。结果杨莉薪就拉上丽娜一起去吃，说我知道你黄小葵是怎么想的，你不就是觉得跟我一起吃没意思吗，那好，我就拉上你朋友，三个人也热闹一些。杨莉薪人生得矮小，五官很漂亮。除了能吃胃口好，还是个十足的女汉子，知道丽娜会不好意思，便开诚布公地对她亮出底牌，说我这人和别的女孩不一样，首先是不喜欢吃醋，你是黄小葵的朋友，也是我的朋友，我不在乎你们有什么事，真不在乎，你们就是上床，我也不会寻死觅活，只是求你们真发生了那种事，要敢做敢当，一定不要瞒着我。这第二件呢，是我带着你们吃吃喝喝，也可以算是工作，用不着不好意思，用不着心虚，用不着老想着是我在花钱，你们就当我是你们老板，你们是我的员工，跟着我吃喝就是在考察，就算是在为我打工，当然这种打工，我是不能再付工资了。

有一段时候，丽娜发现杨莉薪与她待在一起的时间，要比与黄小葵在一起的更长。她们两个有些投缘，杨莉薪喜欢说话，喜欢穷聊，特别喜欢别人听自己说，最恨别人在她说话时乱插嘴。杨莉薪唠叨的时候，丽娜会很认真地听。这其实是一种习惯，丽娜听谁说话，都是这样的表情，都好像是在认真倾听，在琢磨别人要说的意思。这一点恰恰与黄小葵相反，黄小葵也是个话唠，要么不开口，一说就没完，嘴贫也罢了，还喜欢打岔。杨莉薪大谈金华火腿的用量，用多少属于提鲜，用多少就可能喧宾夺主，正分析得头头是道，黄小葵突然冒出一句：

“你说的这个金华，在江苏还是在浙江？”

杨莉薪白了他一眼，还准备继续往下说，黄小葵又来了一句：

“反正我们北方人看起来，江浙都差不多，都一个地方。对了，我就想不明白，为什么火腿肠那玩意儿叫火腿肠，哪儿有火腿了，跟火腿一点都没关系么，难不成最初那里面也真搁过火腿肉？”

丽娜与黄小葵相处的时间也很多，两人在同一所学校，经常在一起，别人甚至怀疑他们是一对，比如孟建军最初就这么认为。孟建军的专业方向是城市规划研究，与黄小葵发生联系，是请他去帮助重装电脑。黄小葵学计算机，有一天，他们系庄老师打招呼，让他帮孟建军去看一下电脑。孟建军的电脑中了毒，很多重要文件没了，黄小葵也解决不了，不可能恢复，只能帮他重装电脑，重新格式化。这以后不久，孟建军的电脑又一次被病毒侵袭，又找到黄小葵，好在事先帮他做过备份，损失倒是不太大。一来二去，两人就熟悉了。

丽娜最初知道孟建军，也是听黄小葵说起，说有位跟她来自同一个城市的大学老师，在南洋理工进修，说这家伙很好色，喜欢上色情网站，结果电脑连续中毒。有一天正好在半路上遇到，那是“国际大专辩论会”开赛的前一天，丽娜与黄小葵结束训练去餐厅，快到餐厅，遇到了也要去用餐的孟建军，结果是大家坐在一起吃饭。丽娜与孟建军第一次见面，无话可说，只是觉得这人有些脸熟，仿佛在哪见过。孟建军不时地偷眼看她，他看人的样子很暧昧，眼睛里总是有几分不安分，丽娜就想起黄小葵说的那话，说这人很好色。黄小葵跟孟建军大谈辩论大赛的技巧，说这个所谓大专辩论会，说到底就是狡辩大赛，就是把白的说成黑的，黑的说成白的。孟建军看了一眼丽娜，笑着说如果真这样，不是没有是非和对错了吗。

黄小葵说：

“当然没什么对错，辩论前你要抽签，抽着正方就是正方，抽着反方就是反方。”

孟建军不解地问：

“是正方好，还是反方好？”

黄小葵就笑，丽娜也笑。

2

大约一个月后，孟建军又遇到了黄小葵，想起了上次见面，关心地问大专辩论会结果，知道了结果，又问丽娜是不是他女朋友。黄小葵说当然不是，说我有女朋友。说完，怕孟建军不相信，又告诉他自己女朋友在哪个学校读书。孟建军听了，说我知道这个学校，这学校不错的，过些日子，我父亲要从国内过来，还要在那里做个演讲。黄小葵听了，也没往心上去，他并不知道孟建军父亲是谁。

丽娜更不会知道孟建军的父亲是谁，他既然姓孟，子随父姓，按道理他父亲也应该姓孟。在去听孟建军父亲演讲前，丽娜与孟建军又见过几次面，其中有两次是在酒吧，都与听这次演讲有关。据孟建军说，他父亲是个老革命，已经离休好多年，离休前是文化厅的副厅长。这次出访新加坡，接待方虽然是此地的一位老友，实际操作接洽者却是孟建军。知父莫若子，孟建军现在最担心的是父亲要用英文演讲，他老人家是解放前的大学生，英文曾经很不错，多年不用了，现在真要用英文演讲，肯定要出洋相，可是他很自信，相信自己没有问题。

孟建军父亲在新加坡的老友也相信没问题，孟建军因为自己的英文不好，总觉得这会是个事儿。因此，他与黄小葵和丽娜商量，希望他们能够救场，到时候，父亲的话别人听不懂，就请他们帮着翻译翻译。黄小葵便问孟建军，他父亲演讲会说些什么，孟建军苦笑起来，说我也不知道他要说什么。到演讲那天，丽娜和黄小葵才明白，所谓请他们帮忙翻译，只不过说说而已，是客套话，其实是让他们去撑场面，表示那天除了杨莉薪学校的学生之外，还有一些外来听众。

结果那天演讲，像孟建军担心的那样，因为事先说好是英文，来了许多根本不懂中文的学生。孟建军父亲真是有些老糊涂，他那英文不仅结结巴巴，而且牛头不对马嘴，于是很快出现一个十分荒唐的局面，当时在场听众，大多数时间，都不知道他在说什么。问题还是他的普通话也不好，说着说着，一激动，又忘情地说起了家乡土话。孟建军的解释，老人家在演讲前，多喝了几口，父亲在家就喜欢弄点小酒，没想到来新加坡，这个地方基本上不让喝，便跟老友抱怨，一抱怨，人家只好买酒了，酒是为他馋酒才买的，自然应该多喝一些，又加上他喜欢逞能，有点老孩子脾气，虽然没喝多少，已经多少有些醉意。

孟建军的父亲叫智仁勇，“智仁勇”三个字对丽娜来说，有着特殊意义，一看到黑板上的这名字，心头立刻引起了不小震动。踏破铁鞋无觅处，得来全不费功夫，她不太相信自己的眼睛，没想到会在这里遇见这个人。智仁勇的演讲题目是“中国民间的戏曲”，说来说去，说的最多的还是自己的故事，说他如何参加抗日救亡，如何在大学里学习戏剧，如何从一名文工团的普通队员，最终成为一名厅局级领导干部。天底下真会有这样的巧事，一开始，丽娜还犹豫不决，有些吃不准，可是听着听着，几乎可以肯定，他就是多年来自己一直想寻找、却从没真正用心去寻找的那个人。所谓踏铁鞋也就是个比喻，想象中，自己对这个人的寻觅已经有过无数次，现在，面对眉飞色舞的智仁勇，最让丽娜感到困难的是他说的那个英文，他的英文太烂了，现场听众都感到困惑，没人明白，也没人能翻译，临了只好自己给自己翻译，然后有人再把中文的意思译成英文。要想搞懂他的中文，听明白他的乡音，同样是件相当吃力的事情。

好在听众很讲究礼貌，听懂听不懂都要听，因为听不懂，反而显得特别认真。该笑的不该笑的地方，都笑，一阵阵地热情鼓掌。演讲结束，孟建军将几位带到意犹未尽的父亲面前，一一作着介绍，智仁勇与他们挨个握手，老夫聊发少年狂，抓着杨莉薪的小手不肯丢，一定要搞清楚她名字中的“莉薪”是哪两个字。轮到与丽娜握手，他丝毫没注意到她的手在颤抖，听到“居丽娜”三个字也没任何反应，他的眼睛只是匆匆从丽娜脸上扫过，便又回过头去对杨莉薪说了一句什么。除了智仁勇，大家都注意到了丽娜当时的紧张和慌乱，都不明白她为什么会这样激动，为什么会脸涨得通红，为什么对智仁勇的忽视反应如此强烈，以至于大家都告别了，丽娜还在回头看他，眼神也由热烈而变得冷淡，不止是冷淡，甚至说是很不屑也不为过。

丽娜眼里流露出来的不屑，智仁勇没看到，孟建军也没看到。黄小葵和杨莉薪看到了，看得清清楚楚，两人相互看了一眼，仍然是不明白她为什么会这样。接下来参观杨莉薪的学校，既然来了，当然应该看一眼，智仁勇被老友抓去参加别的活动，孟建军不想再陪老父亲，便提出要跟他们在一起，于是先去杨莉薪的女生宿舍，在那儿说了一会话。孟建军又开始卖弄他的父亲，丽娜在一旁很用心地听，说者无意听者有心，她很快就弄明白了，这个智仁勇有三个孩子，都是儿子，孟建军排名老二，他们的母亲三年前死于癌症，母亲刚死，老头子就迫不及待地为他们找了个年轻的后妈。

“你们家这位老父亲说的那话，不管是中文，还是英文，根本听不懂，”黄小葵觉得今天这场演讲太滑稽，听得莫名其妙，他们能赶过来捧场，太给孟建军面子，“我觉得很多人也不懂，对了，还有他那个家乡话，绝对一绝，比他妈的外国话还难明白，你们南方人平时说话，是不是都这德性？”

杨莉薪不满地说：

“别一打击就一大片，我也是南方人，他说的那家乡话，老实说我就不懂。”

孟建军笑了，说：

“别说你们，我这做了几十年的儿子，都不能完全听明白。”

丽娜差一点脱口而出，说今天这个讲座，她听着感到最亲切的，恰恰是智仁勇的家乡土话，因为他的家乡就是自己的家乡，她从小就生活在这样的方言区。然而这话并没有说出口，没来得及说，她本来希望人家会问，可是这种随意的谈话，很快转换话题，丽娜还想再听到一些有关智仁勇的故事，大家却已经在讨论晚饭吃什么。为了表示谢意，孟建军说今天由他来请客，请大家去吃麦当劳。黄小葵一听麦当劳笑了，说没想到孟老师要请我们吃西餐。孟建军听出了话中有讽刺味，纠正说什么西餐，是快餐好不好，说完又补充了一句，要不就在你女朋友学校的食堂，由我来买单好了。

丽娜望着孟建军，忽然问道：

“你爸爸今年多大了？”

“我也不知道他多大，这岁数年年都要增加的，让我想想，”孟建军不明白丽娜为什么会对这个有兴趣，在心里盘算了一会儿，“反正1927年生的，你们帮我算算，到底应该多大？”

除了丽娜，没人对智仁勇岁数感兴趣，她在心里默默计算，发现他比自己母亲吕红英足足大了二十二岁。晚饭最后还是按照杨莉薪建议，去海边一家小店吃血蛤和肉骨茶。孟建军有些犹豫，私底下偷偷问黄小葵，价格贵不贵，又问刷不刷卡，怕身上带的现金不够。到结账时，孟建军掏出皮夹准备付钱，却被告之已付过了。原来杨莉薪去上洗手间时已结了账。孟建军很不好意思，对黄小葵说，怎么可以让你女朋友破费。黄小葵不接茬，丽娜有自己心事，还在想智仁勇的事，也不说话。一时间就冷场了，孟建军有些尴尬，再次要跟杨莉薪客气，坚持说今天应该他来付钱。杨莉薪说没关系的，谁付钱都一样，这一家确实有些贵，她呢，就是一个嘴馋，就是看中它的好吃，血蛤和肉骨茶哪家都有，确实是这家的最好，又说孟老师真心要请客，下次好了，下次我们找一家价格适中的。孟建军被她这么一说，更难堪，心里想这位富家大小姐委实不太会说话。

接着就顺路先送杨莉薪回学校，然后一起坐地铁回南洋理工，在车厢里，孟建军想跟黄小葵解释解释，可是人家新加坡规矩大，公共场所照例都很安静的，不吭声，他也不敢大声说话，不大声说话，便听不清楚，于是干脆不说了。丽娜一路上仍然心事重重，黄小葵注意到丽娜的心不在焉，小心翼翼地问她今天怎么了，有什么心思，是不是哪里不舒服了。看着他对丽娜十分关心的样子，孟建军心头不由得有那么点醋意，想现在的年轻一代真潇洒，好事都占了，吃了碗里，又看着锅里，自己明明有女朋友了，刚跟女朋友分开，又跟别的女人亲热。黄小葵口口声声与丽娜只是普通朋友，怎么看都不像，这年头，思想都那么开放了，哪里还会有什么普通朋友。

3

这以后没多久，杨莉薪便与黄小葵闹翻，也不为什么事，掰了，说掰就掰。孟建军怀疑与丽娜有关，说我早看出来你们不太正常，问你，还不肯说老实话。黄小葵说孟老师千万不要乱说，我跟丽娜真什么事都没有，可不能冤枉好人。孟建军笑了，说这话谁信呢，这年头，天底下哪还会有什么好鸟，都是乌鸦。黄小葵说我真的不骗人，孟老师可以说我不是好鸟，是乌鸦，要冤枉人家就不对了。

丽娜没想到黄小葵与杨莉薪会真掰，以为只是闹着玩玩，反正他们经常这样折腾，要分手两人早就分手了。假作真时真亦假，这事一开始确实跟闹着玩差不多。对于杨莉薪来说，黄小葵的清华身份是一块金字招牌，有个清华大学的男友，听起来好听，搁场面上好看，真要让她彻底放手也有点舍不得。黄小葵对杨莉薪倒是一心地喜欢，不是因为她有钱，也不是因为她漂亮，反正就是喜欢，喜欢她大大咧咧，喜欢她干什么事都十分干脆。他知道杨莉薪身边还有个傻乎乎的备胎，跟她一所学校的，也是个富二代，读书一塌糊涂，泡妞的能耐也一塌糊涂。杨莉薪并不是真心喜欢这家伙，她只是想让黄小葵知道，有这么一个家伙存在，让他别以为自己是清华就有什么了不起，别他妈老是得了便宜卖乖。

用杨莉薪的话说，黄小葵在一开始，不过是个小三，他也是从备胎变成正选，而他的那位竞争对手，却永远还只是个备胎。黄小葵与杨莉薪认识时，她有个正式男友，有了黄小葵，杨莉薪与男友分手。当然，黄小葵在国内也有个女友，与杨莉薪好了很长一段时间，他才正式通知国内那位要分手，国内那位似乎早有所察觉，倒也干脆，分手就分手。反正这几个人，都很开放，与他们相比，丽娜便显得有些古板。

前前后后，正式的非正式的，她也交往过好几个，有过拥抱，有过接吻，有过抚摸，但是最后那一步，始终没有迈出去。

丽娜根本没把黄小葵与杨莉薪分手的事搁在心上，正是从那段时候起，她开始走火入魔，注意力全都集中在智仁勇的那本自传上。那天听讲座，智仁勇一再提到他写过一本自传，当时她心里就想，如果有机会，一定要把这本书找来研究。后来听说孟建军手头就有一本，便拜托黄小葵去借这本书，黄小葵一口答应，可是迟迟不去找孟建军，同样没把这事放在心上。要说他确实去找过一次，没找着，没遇上人，也立刻就把这事给忘了。

那段日子，丽娜与黄小葵各有各的心事，丽娜惦记着智仁勇的那本自传，黄小葵因为杨莉薪提出了要彻底分手，两人见了面，都对对方不满意，都觉得对方不把自己的事放在心上。丽娜说你这个人真没意思，让你去借一本书，真的就那么难吗，就那么难开口。黄小葵说你这个又叫什么事，人家失恋了，让女朋友给抛弃了，心情严重不好，你却一点都不知道关心，不关心也就算了，照顾一下人家的情绪好不好。于是两人各自都做让步，黄小葵去孟建军那里拿书，丽娜请黄小葵喝一次咖啡，陪他散散心。

智仁勇那本书有个非常大路货的名字，《我的一生》，封面是张黑白照片。黄小葵去取书的时候，丽娜就在楼下等候，过了一会儿，看着他拿着书向自己走过来，她的胸口仿佛跑进去了一头小鹿，开始咚咚乱跳，让她喘不过气来。黄小葵说，其实你完全可以自己去跟孟老师借这本书，他真巴不得你去呢，一听说你要借这本书，当时就表态，你要是喜欢，可以送你一本。丽娜根本不接那话茬，接过书，粗粗看了一眼，搁在自己书包里，与黄小葵一起去喝咖啡。

点了两杯咖啡，两人坐在那里等候，丽娜有些按捺不住，从书包里取出那本书，匆匆翻了几页，又将书合上，再次放进书包。黄小葵心不在焉地看着她，说我这次恐怕真的要跟杨莉薪分手了，妈的，看来我是真的被淘汰了。丽娜看了他一眼，说看你这个说话腔调，就不像是真要分手的样子。黄小葵说你不要不相信，我干吗要骗人呢，我骗你又没什么好处。丽娜看出黄小葵有一大堆话要说，她这会儿似乎也没心思听，咖啡送来了，端起来就喝，眼睛直直地看着他，看他接下来要说什么。黄小葵的眼睛看着别处，好像是在想心事，在琢磨应该怎么说，又好像不准备说了，不知道从何说起。

丽娜便把智仁勇的那本书又拿出来，随手乱翻。黄小葵急了，说你能不能先不看那本书，那破书有什么好看的。丽娜让他这么一说，有些不好意思，继续喝咖啡，咖啡本来应该慢慢喝，她心思都在那本书上，很快一杯咖啡差不多喝完了。黄小葵开始倾诉，说起这一次为什么争吵，杨莉薪又是如何蛮横，如何不讲道理。说了一会，忍不住要问丽娜一句，她是不是真的在听。丽娜说我当然在听呀，你只管说，黄小葵便继续说，说着说着，又怀疑她没听进去。

说到最后，说到伤心处，黄小葵竟然流起了眼泪。一流眼泪，情况变得比较严重，毕竟公共场所，他一个大男人不怕众目睽睽，丽娜却觉得怪怪的，别人的目光会投过来。他们选的位置也不太好，紧挨着过道，人来人往都能看见。为了掩饰自己的慌张，她便假装看书，可是这一看书，好像又有些对不住黄小葵，毕竟说好来陪他散心，陪他聊天说说话。既然心里有不痛快，就让他说出来好了，说出来也许就痛快了。其实丽娜自己也有一肚子心事，心里早乱成了一团麻，只不过现在还不想对黄小葵说。黄小葵自顾自说了一会儿，长舒一口气，很真诚地解释说：

“我谈过好几个女朋友，每次都很真心，真的，我不是那种不认真的人。”

丽娜想忍，没忍住，笑了起来。黄小葵有点尴尬，继续解释说，好吧，杨莉薪前面的这位，算我主动提出来要分手，除了她，我都是很被动的。丽娜不说什么，没有任何反应，黄小葵又感慨，说我做人太他妈失败了，总是被女朋友抛弃，活该被人笑话。丽娜脸上依然没表情，黄小葵说你笑呀，干吗不笑话我，我今天就是想让你看看我的笑话，我一点都不像个男子汉是不是，我很好笑是不是。

丽娜十分认真地说：“我觉得没什么好笑。”

“你刚刚还在笑。”

“我确实笑了，不过，你真觉得人家只要在笑，就一定是在笑话你吗？”

黄小葵注意到丽娜今天表情一直很严肃，相信她不是在笑自己。这时候，丽娜的咖啡喝完了，他讨好地问要不要再来一杯，这次可以由他来请客。丽娜被他这么一说，又忍不住笑了，不就是再喝一杯咖啡吗，还要你来我来。黄小葵是个喜欢较真的人，学理科的清华男都这样，笑着说你今天请我，是因为我帮你去跟孟老师借书，我请你喝，是因为你在听我倾诉，我们桥归桥，路归路，一码归一码，该怎么样就怎么样。

从咖啡店出来，经过一番倾诉，黄小葵显得很轻松，想说的都说了，也就解脱了，反倒是丽娜，依然心事重重，一路上也没什么话。黄小葵试探地问了一句，问她是不是也有心事，是不是遇到了什么问题，遇到了不称心的事情，为什么一直很沉默很深沉。丽娜便说怎么了，难道你看出了有什么问题，看出了有什么不对的地方。黄小葵苦笑起来，说我只是觉得有些异常，觉得你好像是有话，有话又不肯说。

“好吧，我确实是心里有事，”丽娜顿了顿，眼睛不安地望着别处，很迟疑的样子，“我要是真说出来，你可不要太吃惊，不要吓一跳。你可能根本不会相信，要是我告诉你，说孟建军和我有关系，你会怎么想？”

黄小葵吓了一跳，眼睛瞪得大大的，看着丽娜。

丽娜知道他是误会了，连忙解释：“不是那种关系，我告诉你，我们很可能是同父异母的兄妹。”

4

将智仁勇的那本自传匆匆翻过一遍，丽娜几乎立刻可以断定，这个人跟自己一定有着不同寻常的关系。接下来几天，只要有时间，丽娜都在研究这本书，仿佛研究作战地图一样，每一章每一节都很细心。她希望能够从中找到密码，找到智仁勇与吕红英来往的蛛丝马迹，看得越多，看得越仔细，越来越相信这个智仁勇，就是她要找的那个男人，就是她要找的生身父亲。智仁勇的书并不太厚，也就是一本公费出版的老干部回忆录，老实说也没什么精彩，文字非常一般，内容十分平常，一个字没有提到丽娜的母亲吕红英，当然，更不会提到丽娜。

丽娜最初见到“智仁勇”这三个字，是在吕红英留下的笔记本上。那是在寻找母亲出轨记录时发现的，那本黑封面硬皮笔记本上，有一个人的名字被涂掉了，成为一块块墨团，恰恰是这一块块的墨团，吕红英百密一疏，有一处涂得不够彻底，反而欲盖弥彰。因为涂得不彻底，就提供了线索，就暴露了真相。时间应该是1976年年初，周恩来总理逝世前后，那段日子智仁勇与吕红英似乎经常见面，吕红英小心翼翼地记录着他们的对话，记录了他对周恩来的评价。跟很多文革中遭过罪的老干部一样，智仁勇对周恩来感情深厚，吕红英在笔记中写道：

“今天智仁勇又来了，又说起周总理，说着说着，又哭，觉得他这人很重感情，我也跟着一起哭了。”

丽娜开始躲在卫生间里，对着镜子琢磨自己的五官，比较她与智仁勇的相似之处。她觉得他们的鼻子很像，眼睛也有点相似，都属于那种浓眉大眼型。孟建军也是属于这种类型，天生的双眼皮，眼珠子很有神采。而且个子都高，居焕真的个子却是偏矮，难怪丽娜小时候，常会听别人说她跟他一点都不像。丽娜与母亲个子一样高，她常有种错觉，觉得自己要比居焕真高出来一大截。

平心而论，丽娜觉得吕红英与智仁勇更般配，虽然年龄上相差了二十多岁。为什么吕红英与智仁勇更般配，为什么吕红英与居焕真不般配，她说不清楚，只是在心里这么傻想，这么顽固地认为。新加坡气候很热，给人感觉一年四季都是夏天，那段日子不同寻常，走火入魔的丽娜一个人待在房间里发呆。她做的最愚蠢的一件事，是将借来的那本智仁勇自传与母亲的笔记本叠放在一起，供放在写字桌上，再用CD机配上抒情的音乐伴奏，好像通过这样特殊仪式，生死相隔的两个不安分灵魂，就在茫茫宇宙中相遇了。

把吕红英的那本笔记带到新加坡来，完全是神使鬼差，她不愿意让继母龚亚琴发现它的存在。很显然，在丽娜不在家的日子，这个女人很可能会跑进她房间去乱翻，丽娜并不担心居焕真，一点都不担心他会这么做，她放心不下的是那位继母。有些事显然是老天爷有意安排，丽娜觉得冥冥之中，一切都是命中注定，自小她就有一种强烈的寻求父亲情结，最初，她把自己姑父误当作了父亲，再后来是居焕真，她曾经是那样的依恋他，现在，智仁勇已经完全占据了丽娜的大脑，害得她连上课的心思都没有。

丽娜开始有意识地去接触孟建军，有一天在食堂吃饭，远远地看见他，便主动过去搭讪，点了一份与他一样的食物，紧挨着他坐了下来。孟建军看见丽娜很高兴，立刻又说又笑，热情洋溢。这是他们第一次单独在一起，过去因为旁边有个黄小葵，孟建军多少还有点为人师表的模样，还有一些矜持，今天便完全放开，说了没几句，已经很暧昧地问她有没有男朋友。丽娜笑而不答，十分调皮地看着他，让他猜，脑子里忽然闪过黄小葵跟自己说过的事，说孟建军这家伙很好色，他的电脑经常因为浏览色情网站而遭受病毒侵袭，这个突如其来的念头让丽娜感到有些异样，她感觉到他正在试图勾引自己。

那一段日子，尚未从失恋阴影中完全走出来的黄小葵，成了丽娜唯一可以分享心中秘密的人。南洋理工的校园非常漂亮，随便找个角落就是小花园，考虑到成天窝在宿舍也不好，到了黄昏时分，吃了晚饭，他们便相约一起出去散步，走累了，找张户外的椅子坐下来吹海风。有时候也聊到很晚，所以要说黄小葵还没从失恋阴影中走出来，是他动不动会叹着气冒出来一句，“我总算已经忘了杨莉薪”。丽娜就笑，说一个人总是喜欢说自己忘了，恰恰说明他忘不了，真要是忘了，就不会再说忘了。黄小葵说不是这样的，是真的忘了。

看到黄小葵这样因为失恋不能忘情，丽娜从内心深处对他产生了一种怜悯，觉得她要是能被像他这样一个男人依恋就好了。由此又想起了吕红英和智仁勇的种种故事，觉得自己如果不能被一个男人依恋，能够依恋上一个男人也挺好。有一天晚上月亮特别好，黄小葵说着说着，又一次神伤起来。他说失恋其实也没什么大不了，自己并非是忘不了杨莉薪，此时此刻，只是感到无依无靠，感到特别的孤独。一时间，丽娜觉得黄小葵很柔弱，很可爱．情不自禁就用手去拉他，他呢，顺势便倒在了丽娜身上。刚开始，似乎也还正常，两个人不过是紧紧挨在一起，渐渐地就不安分起来，丽娜的主动是引火上身，她的热情在逐步退却，黄小葵则步步紧逼，胆子越来越大，尺度也越来越过分。

这以后，开始不太像话，很快超出底线。两人暧昧了好一会儿，黄小葵伏在丽娜耳边，说我送你回去吧，我们去你那里。丽娜当然明白这个话里的潜台词，太直截了当了，心里还有些不甘心，不愿意，可是并不想拒绝。两人便整理衣服，起身回宿舍，黄小葵提出要先回自己寝室冲洗一下，然后再一起去她那里。反正也是要路过，黄小葵跑回宿舍，丽娜便在楼下等他。月光下树影婆娑，突然之间，她有种想立刻跑开的冲动，又有些身不由己，说好了等人家的，不能说话不算话。她觉得自己此时真跑开了，黄小葵一定会很失望，会觉得非常委屈，会想到又被人捉弄了。一想到他那种带着委屈的模样，好像吃了多大的亏似的，丽娜就忍不住想笑。想着想着，真笑了起来。这时候，黄小葵湿漉漉地从楼上下来，身上散发着一股洗浴液的香味。

南洋理工的学生宿舍条件非常好，每个学生都有自己独立的房间，还有公用卫生间和厨房。丽娜和黄小葵蹑手蹑脚地开门进去，进了客厅，又进入她的房间，轻轻将房门关上。明亮的月光正从窗户里射进来，两人好像也用不着再说什么，说什么都显得多余，说什么都太矫情，便搂抱在一起。亲昵了一会儿，丽娜也要去洗澡，黄小葵不让，将她推倒在床上，帮着脱衣服。衣服本来也不多，很快都解决，丽娜早已是身不由己，隐隐约约地觉得自己不应该太主动，要矜持一些，要拒绝，但是心里想的和实际做的，早就不是一回事。黄小葵不仅回宿舍洗了个澡，还带了一盒杜蕾斯过来，丽娜没想到他会考虑得如此细心周全，看着他对着月光拆封，拆开了以后，不知道包装纸应该往哪儿扔，就把它随手塞给了她，然后有点孩子气地给自己套上。这一切，丽娜在月色中看不清楚，大致也知道是怎么回事，又一次忍不住要笑。心想在这方面，他显然是个老手，真不愧是清华的理科男，做什么事都很严谨。这时候，天边飞过来一片云，遮住了月亮，房间里立刻暗了许多，丽娜忽然想到，当年智仁勇与吕红英偷情，如果也想到用避孕套的话，也许就没有她这个人了。

自始至终，丽娜都在胡思乱想，虽然是人生中真正的第一次，可是在想象中，好像已经历过了无数次。或许是有些紧张，为了放松自己，本来已经在胡思乱想的丽娜，有意识地进一步放飞想象，让思想的野马在荒原上奔驰，让意识的翅膀在天空中飞翔，她想象曾经看到的色情场面，想象那些实际上并没有见过的性爱情景。丽娜又一次想到了吕红英，想到她将自己独自一个人关在房间，想到房间里发出的那种奇怪的声音。其实丽娜后来已经弄明白了，这种事情有时候也会无师自通。在那些孤寂的日子，吕红英百无聊赖，常常一个人偷偷地躲在房间里看毛片。有一次，丽娜无意中打开家里的VCD机，发现里面竟然有一张没退出来的碟片。

这以后，和黄小葵的关系不可能再跟过去一样，丽娜并不觉得他就是自己理想的终身伴侣，她相信黄小葵也是这么认为。该浪漫时浪漫，该理智时理智，在这一点上，他们正好不谋而合，价值取向都很时髦，都很现代化。都觉得再次见面可能会有些尴尬，都没想到真到了再次见面，也就是那么回事。黄小葵率先表了个态，说我这个人有许多缺点，不过今后一定会对你负责的，说这话时有些一本正经，半真半假，说完自己先笑了。丽娜也笑，她想说谁要你负责，不过没说出来，然而表情已经有了，黄小葵显然也明白她的意思，知道丽娜很可能还看不上自己，说不定很快也会像杨莉薪那样将他抛弃。

丽娜住的宿舍楼与黄小葵的住宿楼挨得很近，交往起来十分方便，过去跟杨莉薪处女朋友，常常是一个星期才碰一次头，现在换了丽娜，天天能够见面，除了要各自上课，倒有些形影不离。他们本来就熟悉，现在变得更加熟悉。大学里的成双结对很常见，同住的女生经常会带男生回来过夜，在别人眼里，丽娜基本上还属于那种有些呆板的女生。事实上也是这样，刚开始，丽娜朦朦胧胧，只是在想象自己也应该和室友一样，也可以和室友一样。每当室友带男生回来，她便忍不住好奇心，偷听隔壁的动静，虽然隔了一堵墙，隐约还是可以听到声音，可以听见他们的嬉笑。现在，同样的道理，他们这边有些响动，隔壁也应该能够听到。

丽娜开始没完没了地跟黄小葵说智仁勇的故事，关于父亲的话题似乎永远都说不完，说不够，她提到了自己的姑父，提到了居焕真，当然，更多的还是围绕着智仁勇。丽娜喋喋不休，向黄小葵描述那本自传中写的一些内容，说智仁勇出生在南洋，家里曾经很有钱，差不多就是一个富豪。又说他小时候的英语很棒，后来随父亲一起回国参加抗战，在内地读小学读中学。说他在文革中如何被打倒，如何被迫害，如何下放到小县城，如何获得新生。智仁勇那些天花乱坠的故事根本打动不了黄小葵，他只是十分好奇，丽娜为什么会那么肯定，这个口齿不清又感觉良好的老头，凭什么就一定是她的生身父亲，凭什么。

“如果真觉得这个人是亲爹，你非要这么想，好吧，那就算他是！”

“什么叫就算是，”这话让丽娜听了不高兴，很不高兴，“是就是，不是就不是，你这话又是什么意思？”

黄小葵无话可说，只能强辩一句，说我们学理工科可能都比较严谨，这个是还是不是，最后恐怕也要验了 DNA 才行。丽娜让他这么一说，陷入了沉思。情况确实如此，万一是这样，万一是那样，天底下很多事，原本就说不准，什么可能性都会有。黄小葵又分析说，最关键一点，如果你是那老头的女儿，我是说如果真是他的亲生女儿，那么你和那位孟建军就是同父异母兄妹，我觉得情况真要是这样，显得特别特别滑稽。丽娜也觉得有些滑稽，有些匪夷所思，而且她知道黄小葵对孟建军抱有成见，他其实很不喜欢孟建军这个人。说老实话，不只是黄小葵这么想，丽娜自己也不太喜欢孟建军。

一双气味扰人的鞋要走出多远，
才能长出适合它的双脚？

1

很快到了孟建军要回国的日子，眼看着他就要离开南洋理工大学，丽娜开始着急，让黄小葵赶快跟他谈一次话，争取能让孟建军走之前，陪她一起去医院做一次 DNA 测试。想象中，这不应该是一件太复杂的事，两个人只要去验一次血，花点钱，就可以确定他们究竟有没有血缘关系。黄小葵稍稍感到有些为难，觉得这事要让他来说完全是莫名其妙，为什么丽娜不能自己直截了当地去对孟建军说呢。

黄小葵不愿意去见孟建军还有个原因，这就是孟一直怀疑黄小葵与丽娜关系非同一般，不止一次地问过他，是不是跟她有一腿，是不是脚踏两只船，一方面与杨莉薪谈朋友，另一方面，又占着丽娜的便宜。黄小葵一直都是断然否定，然而情况在不断变化，他并不想向他解释这种变化，也解释不清楚，事实上，孟建军甚至都不知道黄小葵已与杨莉薪断了。话不投机半句多，很多话根本没必要去说，临了，黄小葵还是按照丽娜的指示去见孟建军，也不跟他绕圈子，有话就直说，把应该要转达的那点意思都转达了。孟建军丈二和尚摸不着头脑，眼睛瞪得老大，看着黄小葵，说为什么我要相信你的话，这是跟我开玩笑是不是。黄小葵笑了，说你看我像是开玩笑的样子吗。孟建军说像，太像了，怎么看都像是个笑话，你说好端端地有个女孩子跑出来，怀疑是我的妹妹，然后就要拉着我去医院鉴定，你说这算个什么事，不要用这种事吓唬人好不好。

黄小葵一脸无辜，摊开双手，表示自己也只不过是学雷锋做好人好事，把话带到，信不信由他，去不去医院也由他。孟建军说这事要真搁在你身上，你会怎么想，你设身处地为我想想。黄小葵说这事其实很简单，换作了他，那就去一趟医院，又能有什么大不了。孟建军急了，说什么叫没什么大不了，这事难道还算小，你难道不觉得这事太邪乎。黄小葵说他也觉得有点邪乎，可是丽娜这人就是这么认死理，就是这么一根筋，好在跟你孟建军也没多大关系，都说好汉做事好汉当，人家是认你爹为爹，又不是认你为爹，你着个什么急呢。

一番话下来，孟建军仍然半信半疑，黄小葵又以谈判的口气进行分析，说毕竟丽娜还是个女学生，不像你们当老师的有钱，你看就这样行不行，去医院的费用一人一半，我的意思是说如果不是的话，真要是的话，这钱恐怕就得你全出了，毕竟人家是你亲妹妹，是你们家老爷子对不住人家。孟建军想了想，还是不准备答应，说这事没这么简单，你让我好好想想，不能你们想怎么就怎么，我起码也得打电话问问我们家老头子。黄小葵笑了，说这事你还真得问问。于是孟建军就给智仁勇挂电话，那时候手机还不普及，第二天，去找了一个公共磁卡电话，往国内挂长途。电话一拨就接通了，是孟建军的继母，一听他声音十分客气。简单地敷衍了几句，孟建军说你让我爸接电话，我有话要跟他说。很快，电话那头换成了智仁勇，还没听见他老人家开口说话，先听到一阵熟悉的咳嗽声。

智仁勇的回答很干脆，矢口否认自己曾有过那么一段艳情和孽债。孟建军说你先别着急，也用不着发火，有就是有，没有就是没有，老爷子你再好好地想一想，现如今我们做子女的都很开通，思想都解放了，什么样的事都能接受。智仁勇不做声了，过了一会儿，说你让我想，也还是没有，没有就是没有。智仁勇又说，这种事，你们千万不要听人家瞎说。孟建军听见电话那头继母在一旁唠叨，唠叨什么听不清楚，他便提高了声音对父亲说话，说我也知道人家会瞎说，可是现如今真有这么一个人找到我了，说得跟真的一样，要逼着我跟她一起去做鉴定，你说我该怎么办。这话一说出去，智仁勇无话可说，沉默了，他那边一沉默不语，孟建军这边心里便一咯噔。

知父莫若子，智仁勇那边的无语，让孟建军想起了小时候父母之间的冷战，想起了离开人世的母亲。印象中，母亲一生都在为父亲的风流生气，一直到临死前还是这样。智仁勇的绯闻仿佛没间断过，文革中批斗，其中有项罪名就是说他流氓成性。当然有夸大的成分，那年头有太多的造谣和诬蔑，但是别的女人孟建军不太清楚，反正现在的这位继母，早在自己母亲死之前，他们的关系就已经相当暧昧。智仁勇年轻时很英俊，加上仕途得意，看中他的女人很多，孟建军记得父亲曾经很无奈地对母亲表白，说他是非常无辜的，是别的女人在追求他，事实上，他一直在拒绝那些女人。

最后孟建军神使鬼差地答应了，答应与丽娜一起去医院咨询一下。虽然有些冒失，他还是给自己留了些余地，只答应先去咨询。这样做的好处是进可攻，退可守。首先不知道这事究竟要花多少钱，多是多的说法，少是少的说法。其次也很想弄个明白，到底是怎么个做法，行不行，靠谱不靠谱。在新加坡看到的都是些华人面孔，可是你真到了医院，还非得说英文不行。孟建军的口语很烂，好在与丽娜在一起，她的英文好，一切沟通都不成为问题。去医院的路上，孟建军忍不住好奇，百思不得其解地问道：

“为什么到了现在，你才想到要认我爹呢？”

这话问得非常突兀，倒好像已经确定他们是同父异母的兄妹了。孟建军显得很大度，说你要真能是我妹妹也好，我们家弟兄三个，全是男的，就缺一个妹妹。接下来的话就不太中听，他说不过我得告诉你，得跟你说实话，你别看我们老爷子好歹是个干部，是个不大不小的官，经济大权却全都掌握在我那继母手上，你千万不要指望能分得什么遗产。丽娜很不屑地耸了耸肩膀，她从来也没有想到过遗产这件事，也不觉得智仁勇那样的离休老干部有什么了不起。孟建军的一番话让她五味杂陈，既感到有点亲切，因他已完全是把她当作自己妹妹了，又有些多心，好像对方是在怀疑她有想攀高枝的动机。

作为独生子女一代人，丽娜并没有什么兄弟姐妹的体验，现在却一下子要冒出来三个哥哥。这个感觉很特别，这个感觉很奇妙。孟建军在家是老二，一路上，他断断续续地跟丽娜说着自己家的事情，讲他们兄弟间的故事，讲他父亲跟别的女人的纠葛，丽娜心不在焉地听着，脑子里又开始胡思乱想。她与孟建军一共也没接触过几次，说过的话更少，现在两个人竟然要一起去医院，去验证他们有没有血缘关系，真是有那么点传奇。事实上更为传奇的是，早在第一次见面，丽娜就从孟建军的眼神里看到了不同寻常，她甚至有一种很奇怪的生理反应，总觉得这个人和自己会有些什么联系，会发生些什么故事。记得有一天，在与黄小葵亲热的时候，她突然很走神，恍惚中感觉自己是在与孟建军做，黄小葵突然变成了孟建军。这感觉太不可思议了，结果她还真就把这事说了出来。黄小葵正在兴头上，情绪一点都没有受影响，说你他妈也太过分了，真要是这样，你们这不他妈是乱伦吗。丽娜的心智全乱了，说我也觉得这不对头，我也觉得这不像话，幸好不是真的。

丽娜与孟建军在医院并没有待多久，接待他们的医生一听介绍，立刻表示做不了这个鉴定。同父异母的兄妹没办法做 DNA 测试，孟建军基本上听不懂医生在说什么，只知道是在说英语，带点广东腔或者福建腔的英语。这位医生不仅是华人，而且也会说中文，可是人家就是不跟你说。孟建军只好不住地点头，很认真地点头，这样一来，医生会以为他已经听懂了。最后还是丽娜跟他解释清楚，基本的意思就是父母与子女可以做亲子鉴定，相同性别的兄弟和姐妹之间也可以做 DNA，其他情况不可以。

孟建军想不明白为什么，不明白为什么就做不了。丽娜继续解释，像孟建军与丽娜这样，要证明血亲关系，必须要通过他们共同的父亲来验证。如果都与智仁勇的染色体有关，那么他们的兄妹关系就可以确立。孟建军用手拍着脑袋瓜，想了一会儿，说我也算基本上是搞懂了，弄明白了，这就好像做几何数学题一样，A 等于 B，A 又等于 C，所以 B 就应该等于 C，我们老爷子是 A，我们呢，一个是 B，一个是 C。不过这样也很好，这样也就没我什么事，孟建军很开心地笑了，说我是反正不需要再做什么染色体测试了，要做也得是你们去做，是你跟我们家老爷子去做，是不是这个道理。

2

丽娜感到很失望，非常失望，没想到会这样一个结果。本来事情也简单，悄悄去验个血，心中所有疑问都随之消失，该确定的能确定，能排除的都可以排除。没想到还必须要与智仁勇一起去验 DNA 才行。孟建军对老爷子肯不肯一起去验血毫无把握，他说我那个爹基本上没亲情，这么多年来，对我们弟兄几个很少流露出什么父爱，对你这样突然冒出来的女儿，到底能怎么样，真不好说，我看他未必肯认你。

孟建军说走就走，丽娜心中疙瘩没解开，反倒越来越纠结，越来越走火入魔。好在与黄小葵关系越来越好，越来越亲密，心里有话还可以跟他说。黄小葵这人最大优点，是脾气非常好，很乐意听女生倾诉，无论丽娜说什么，怎么说，都很认真地听。他永远像个听话的大男孩，或许在一开始，两个人还不是太当真，尤其丽娜，对黄小葵忽冷忽热。反正闲着也闲着，天高皇帝远，父母又管不着，孤男寡女你情我愿，当真也好，不当真也好，渐渐倒有些难舍难分。转眼快到中秋节，杨莉薪寄了封明信片过来，约他们一起吃饭，一起赏月。

地点还是在过去吃过的那家海边小店，杨莉薪带了位新男友，不是黄小葵以前认识的那个备胎，那傻家伙永远不会有转正机会。四个人到地方坐下来，杨莉薪的新男友一看就是有钱人家子弟，介绍大家认识，他大大咧咧地都不愿意正眼看黄小葵。杨莉薪一本正经做介绍，说这位是我前男友，这位是我现在的男朋友，还有这位吗，怎么说呢，我的前女友，这家伙的现女友，当然，她也是我现在的女友。说完，杨莉薪自己先哈哈大笑，丽娜也跟着笑，是苦笑。

杨莉薪仍然像以前那样喜欢开玩笑，丽娜怕她会说出些过分的话来让自己下不了台，没想到她倒是放过了她，盯着黄小葵不放，说黄小葵呀黄小葵，你这垛牛粪真是好运气，我这朵鲜花刚离开，就又有一朵鲜花让你给插了上去，你说你何德何能，凭什么就有这么好的运气。黄小葵反唇相讥，说你现在这样多好，多滋润，仿佛一朵鲜花插在玻璃花瓶里了。杨莉薪一愣，有点反应不过来，过了一会儿才说，妈的，这清华的牛人就是坏，说的那话我们都听不懂。

丽娜无话可说，与杨莉薪在一起，最佩服的就是她的没心没肺，什么话都敢说。杨莉薪越说越人来疯，说到临了，竟然追着黄小葵问，问当年分手时他曾表过态，只要杨莉薪再次召唤，他便会像一条忠诚的狗一样，立刻回到她身边，现在这句话还算不算数？黄小葵被她说得无地自容，脸上红一阵白一阵，笑着往丽娜身上推，说这个吗，要看丽娜答应不答应。丽娜说我当然答应，我绝对不会拦着。杨莉薪乐得直拍手，说这不光是丽娜答应不答应的问题，就算她答应了，也要看我老公愿意不愿意，你们看，我老公都生气了，真生气了。杨莉薪的男友为了表示大度，毫无幽默感地来了一句，说好马不吃回头草，人不能走回头路，我也无所谓。他的本义是想开导杨莉薪，让她没必要放不下过去，可是很容易产生歧义，杨莉薪立刻有些不高兴，大家赶紧转移话题。

到付账的时候，黄小葵坚持要去付账，说今天由我和丽娜买单，我们请你们吃。杨莉薪表情显出诧异，不太明白怎么回事，为什么要这么做，回过头来看看丽娜。丽娜脸上顿时有点尴尬，没想到黄小葵会自告奋勇，也不太明白为什么。按照内心的真实想法，她根本不愿意参加这次聚会，偏偏黄小葵坚持要大大方方跟杨莉薪见一次面，以证明他们心中的坦荡。现在又突然变成是他们请客了，丽娜觉得杨莉薪当年经常请他们上馆子，自己和黄小葵这次反过来，请她吃一顿也应该。但是必须事先说好，丁是丁卯是卯，丽娜不是心疼钱，她在乎的是黄小葵为什么要强调是他们两个一起来买单。

丽娜与黄小葵始终AA制，即使两人关系非常亲热了，仍然你花多少我花多少算清楚。虽然都公费留学，毕竟还是穷学生。事后丽娜随口问了一句多少钱，我要把钱给你，黄小葵随口报了一个数字。丽娜便真的要掏钱，黄小葵看她这样，说零头就算了，他其实并不想收这钱。丽娜说不行，该多少是多少，一定要算清楚。黄小葵意识到丽娜有些不高兴，也不想多说什么，稀里糊涂地把钱收下了。

这件事的直接后果，两个人心里都不痛快，都有疙瘩。丽娜不由得想起自己母亲吕红英，想象她与居焕真的夫妻生活，想象她与智仁勇的偷情岁月，同时，也忍不住要分析自己与黄小葵的关系，想象他们的未来。有一天，她决定要与黄小葵好好地谈一次，讨论一下他们是不是应该分手。黄小葵没有任何心理准备，听了丽娜的话很吃惊，不知道说什么好。丽娜看着垂头丧气的黄小葵，说我们这样交往下去，是不是有些不道德。

“为什么不道德？”黄小葵不太明白。

丽娜说他们之间似乎还缺点什么，缺什么呢，缺爱，缺乏爱的交流，两人交往时间说长不长，说短不短，从来也没提及爱这个字眼。现在再谈已有些矫情，不过虽然晚了，好像还是应该认真地谈谈。丽娜说我怀疑你根本就不是真正地爱我，你就没有爱过我。黄小葵听她这么一说，便说我也恰巧是这么想的，我也觉得你才不是真正地爱我，你根本不喜欢我。丽娜没想到他会这么回答，说你说对了，我跟你一样，我们都一样。丽娜说我们大家都能说实话也好，我承认我根本就不是真正地爱你，根本就不是真正地喜欢你。黄小葵急了，说我不是这样，我爱你，我喜欢你，我跟你不一样，我们不一样。

丽娜想黄小葵一定也跟杨莉薪说过类似的话，不止对杨莉薪，对别的女孩也会这样，因此对他的表白，并不太往心上去，反正都是电视上哄女学生的。黄小葵说我这话你可能不愿意相信，你也可能根本就不喜欢我，不过我是真喜欢你。他显得十分无辜，一副很可怜很容易受伤的样子，好像非常担心丽娜会抛弃自己。见他这样，丽娜反倒有些不忍心，她这边是不忍心，黄小葵那边是非常痛心，继续矫情继续表白，说到最后，恨自己做人他妈的太失败，为什么那么不讨女人喜欢呢。

这以后，丽娜与黄小葵还是说不上特别好，也说不上特别不好。两人关系就这么僵持着，依然相互为伴，一会好一会坏。你离不开我，我也离不开你。转眼到了快毕业的日子，黄小葵去一家新加坡公司应聘，获得一个很好的就业机会，便与丽娜商量未来。他的意思是她也应该考虑在新加坡找份工作，接下来他们便可以结婚生孩子，说他很乐意成为一名好丈夫好父亲，把自己挣的每一分钱都交给丽娜。丽娜被他说得有些感动，将心比心，总觉得他对她，要比自己对他好得多。不过丽娜也有自己的打算，她并不反对黄小葵留在新加坡工作，毕竟在这里挣钱要比国内多得多，但是她已经打定主意，大学毕业后要回国内发展，工作还是继续读研，尚未最后决定，要离开新加坡却是毫无疑问。

结果丽娜毕业回到了国内，被省城一家电视台录用。她的运气永远是好，干了没多久，到职没几天，又是公家花钱让她读在职研究生。黄小葵为此非常失望，觉得丽娜这么做，选择回国发展，是存心要与他分手。丽娜也觉得她过分，黄小葵应聘求职时，本来想告诉他自己的真实打算，话都到了嘴边，没说出来。不说出来，是觉得黄小葵那份工作真的很好，挣钱多，放弃太可惜。当时不说，录取了似乎更不好说，磨蹭到最后，回国事情已定了，再说出来，也难怪他要生气，要脸色大变。

黄小葵说："居丽娜你这么做，很过分，很不仗义，你知道不知道。"

黄小葵又说："这只能说明，说明什么呢，说明你心中根本就没我的位置。"

3

再次回到省城，一切安排停当，丽娜忽然意识到自己是为了智仁勇才回来的。她觉得这么做很不值得，很傻，很天真，完全没这个必要。智仁勇根本不打算认她这个女儿，他拒绝与她见面，更不用说一起去做什么DNA测试。黄小葵不在周围，丽娜总觉得身边少一个人，做任何事都缺少帮手。刚回来那阵，黄小葵天天跟她打电话，他打过来用的是磁卡，价钱也不贵，两人就在电话里聊天，说说彼此的想念。有时候也拌嘴，丽娜难免小心眼，她不在乎黄小葵在新加坡和别的女孩子好，但是很计较他会与杨莉薪旧情复燃。黄小葵一次次向她赌咒发誓，说绝对不会发生那样的事情，他越是这么说，丽娜越是不相信。

丽娜身边当然不缺少追求她的男孩子，无论在电视台，还是在读研的学校，想动她脑筋的人并不少。她自己也不是铁板一块，女孩子往往喜欢被男人追求，丽娜十分享受那种近乎暧昧的调情，忍不住还会向黄小葵卖弄，如实汇报，害得他妒火中烧。有一次，大家把话都说过头了，都生气了，都不愿意先搭理对方。再后来，黄小葵低头服软，试着给她打电话，打过来，她就掐了，一连好几次，都是那边打这边掐，最后他也死心塌地，不再打电话过来。对方真没有电话，丽娜倒又有些说不出的滋味。

接下来几年，与黄小葵断断续续，始终都还有联系。说断已经断了，说没断也没断，两人偶尔会在网上聊聊天，通通免费的网络电话。丽娜仍然要跟他聊智仁勇的事，告诉他自己遇到的种种不开心。智仁勇拒绝承认她这个女儿，他越是要拒绝，丽娜越觉得他心里有鬼。黄小葵也不知道怎么才能安慰丽娜，很安静地听她叙述，听她控诉，她说什么都不吭声，说什么都是用“对、对”来应付。有一次丽娜急了，说人家都这样对待我了，你还一个劲地说“对”，黄小葵连忙解释，他是说丽娜说得对。

丽娜办了张优惠健身卡，结识了一位健身房教练，这家伙浑身都是肌肉，她向黄小葵解释，自己要结交这么一个男人，是因为身边有位一身都是疙瘩肉的壮汉，孟家的人就不敢再欺负她。黄小葵听了心里酸酸的，说孟家人怎么这样，怎么可以欺负你呢，又说我当初就觉得孟建军这家伙不是什么好东西。丽娜便说他倒还好，主要是那个继母，还有孟建军的那个小弟弟，不分青红皂白，竟然骂丽娜是神经病。

黄小葵很吃惊：“他们孟家的人骂你是神经病？”

“比这更难听的话还有呢。”

“还能怎么难听？”

丽娜不愿意把那些难听话说给黄小葵听，不过她确实很愤怒，愤怒就会做出一些不理智的事。她差一点失控，或者说已经失控。有一天，气急败坏的丽娜把健身房那位教练带到孟家，指名道姓地要让智仁勇出来，她真的很想教训一下孟建军的继母，因为所有的坏主意，毫无疑问都和她有关，都是她在背后捣鬼，是她在背后煽风点火。丽娜告诉黄小葵，那天她做得有些过分，真把他们孟家的人给吓住了，连110

都赶来了。

黄小葵问："110都来了，后来呢？"

"后来，还能怎么样，把我们带到派出所。"

丽娜一提到这事，气仍然不打一处出，她向黄小葵详细描述那天经过，说到最后，黄小葵淡淡地冒出了一句，好像是不经意，却明显话里有话，说那位健身房教练肯为你出头，我是说那个一身疙瘩肉的家伙，能陪你一起去，看来你们关系也已经不同一般了。丽娜一怔，问这话什么意思。黄小葵说没别的意思，反正我也就是很随便的一句话。丽娜说我们关系一般不一般，这个你恐怕管不了吧，你也不应该管，你没这权利，是不是。黄小葵笑了，说我当然不应该管，当然没这权利。

黄小葵确实不应该管，确实没这权利，就仿佛丽娜管不了他在新加坡怎么样，他也不应该过问她在国内会怎么样。这方面，大家其实都很理智，不管怎么说，他们之间并没有这样那样的契约，各自的行为并不需要对对方负责。虽然黄小葵一再声明，自丽娜离开后，身边再也没有出现过其他女人，但是这话她从来没相信过。时代不同了，思想都开放了，丽娜才不相信他是个会为她守贞的男人。事实上，她自己在这方面做得就不够好。除了健身房的那位教练，丽娜还和电视台一位搞摄像的中年男走得很近，他们的关系一度非同寻常。

中年男也是在健身房认识的，一开始只是面熟，相逢一笑，有一天上班在电梯里相遇，才意识到两人原来同一单位，只不过在不同部门。这以后，再在健身房碰面，关系自然而然进了一步。接下来，一起做瑜伽，一起游泳。中年男不会游泳，很执著地非要跟她学，丽娜便当起了免费的游泳教练。有一段时候，他们两个还有那位健身教练，常常一边锻炼一边聊天，一边聊天一边锻炼，然后发展到约好去吃麻辣小龙虾。三个人轮流坐庄请客，一轮下来又一轮，健身房不远有一家馆子，十三香龙虾生意十分火爆，天天要排长队，都说这家的龙虾搁了罂粟壳，总是让人吃了还想吃。

中年男的小孩在国外读书，妻子去国外陪读，跟他们在一起玩，完全像单身汉，因为同一个大单位，与丽娜关系似乎也更近。他会忍不住背后说几句健身教练的坏话，主要是说他与那些来锻炼的富婆们不清不楚。这个也不完全是瞎说，丽娜都看在眼里，他的意思是怕她涉事不深，被别人占了便宜。害怕别人占丽娜便宜，结果却是中年男差一点先占便宜。大家在一起喝啤酒吃龙虾，丽娜开诚布公地说自己的身世，中年男也开诚布公地说自己的秘闻，健身教练永远都是听众，从来不肯讲自己的故事。中年男与丽娜很能说到一起，不仅三个人在一起说个没完，与丽娜单独相对时话更多。

丽娜想不到中年男会通过儿子不是亲生的这种谎言来骗自己上钩，他的故事确实能打动人，尤其是容易打动丽娜。夫妻没感情，要离婚，一直没离。自己出轨在先，妻子一直想报复，根本不想要孩子的时候突然怀孕了。儿子一点不像他，相貌不像，性格也不像，中年男一说起自己的故事，就陷入深深的苦闷之中。同是天涯沦落人，丽娜觉得他很可怜，有一天吃完小龙虾，大家都有些酒意，丽娜与中年男同坐一辆出租车回家，她住处略远一些，每次遇到这样的情况，都是顺路捎他一程。那天快到往日下车地点，中年男忽然提出让丽娜去他家坐坐，她头脑一热，稀里糊涂答应了。

到中年男家里，丽娜立刻感到情况不太妙。她显然不应该冒冒失失出现在一个独居男人的房子里，墙上到处挂着照片，中年男是玩摄像的，很会拍照。丽娜看见了他妻子的照片，他儿子的照片。儿子的照片让丽娜看清了中年男的嘴脸，他们父子长得太像了，根本不需要再去做DNA测试。很显然中年男在扯谎，现在，他又开始继续编故事，说他与自己妻子之间关系所以不融洽，很重要的一个原因，是他们性生活太不和谐，她太性冷淡，而他在这方面的欲望又太过强烈。中年男变得说话毫无禁忌，越来越赤裸裸，他说他们夫妇常常在床上折腾了一个小时，他妻子仍然还是没任何反应：

“就跟一块木头一样，她就是一块木头。”

丽娜从不对黄小葵隐瞒，什么话都可以说，说什么话都没关系，包括这次去中年男家，包括他说过的那些非常猥琐的话。健身教练与中年男的存在，肯定会让黄小葵不高兴，不高兴也没办法。有一段日子，丽娜的生活中好像只有这两个人，说着说着，就情不自禁地提到，就抱歉说不好意思，又要说到他们了。黄小葵只能说没关系，你尽管说，我无所谓的。丽娜说反正跟他们没什么见不得人的事，就是有，我也会告诉你，别人我不说，肯定会跟你说。这话黄小葵相信，是真的相信。丽娜说我妈当年与智仁勇，大概也就是一念之差，也就是一个不小心，上了那个男人的当。她说自己现在越来越相信，越来越明白，相信和明白智仁勇不会是什么好东西，即使他真是自己亲爹，她也还是这么认为。

黄小葵回国探亲，专门绕道过来看过一次丽娜。也就是那次，丽娜带着他一起去参加居焕真的五十岁生日寿宴。居焕真很高兴，自己不好意思多问，问了，丽娜也不肯说实话，就让龚亚琴问，龚亚琴便问丽娜，这个黄小葵究竟是不是她男朋友。丽娜笑了，说你们要说是，那就是，你们若说不是，就不是。龚亚琴急了，说这叫什么话，是不是男朋友，怎么能是别人说了算。丽娜说你问黄小葵，他说是，那就算是。龚亚琴一本正经地问黄小葵，黄小葵回答得很干脆，说当然是了，我们都已经好了几年。

居焕真夫妇也不知真假，他们买了新房，原来那套房子重新装修，让丽娜住，如果丽娜要准备结婚，男方又没房子，这就是她的婚房。黄小葵来了，住在丽娜那里，龚亚琴以送东西为由，特地前去侦察，发现客厅沙发上搁着一条被子，回去说给居焕真听，他听了表情凝重，不知道说什么好。龚亚琴说反正你女儿年纪也不小了，现在的人都不太在乎这个那个，好多中学生人才鬼一点大，都开始谈恋爱了，都开始乱搞了，你就不要再管他们。居焕真仍然不表态，他知道自己就是想管，也管不了，他根本就管不了，不过心里还是挺高兴，说以后真要有机会，我会对那男孩说的，我必须得关照他，丽娜母亲死得早，他应该让着一点我们丽娜。

4

丽娜最后觉得自己不能原谅的人，就是孟建军那位继母，她竟然偷偷跑到居焕真那里，跟他谈了一次话。这次谈话仿佛晴天霹雳，直接就让居焕真崩溃了。天底下再也没有什么事，会比这个更严重，更让人接受不了。自从吕红英死后，女儿丽娜成了居焕真的唯一，在他生命中至关重要，可是孟建军继母的一番谈话，阳光灿烂的大白天，刹那间变成暗无天日的茫茫黑夜。

结果丽娜没与智仁勇一起去做 DNA 测试，和她一起去医院的反倒是居焕真。这一切完全出乎意料，非常出乎意料。按照丽娜的想法，最好是先悄悄地把事情搞定，通过与智仁勇的基因测试，先确定了他们父女之间的血缘关系，然后再想方设法告诉居焕真。丽娜甚至想过，也完全可以不要让他知道，完全可以做到神不知鬼不晓，根本用不着去伤害居焕真，毕竟在她一生中，对自己最亲最爱的人就是他。然而孟建军的继母把一切都搞砸了，这个女人实在太可恶，她让事情一下子变得不可收拾。

就好像智仁勇拒绝与她一起去做DNA测试一样，丽娜也不愿意与居焕真一起去医院。尽管觉得自己已有十分把握，已经认定智仁勇就是她要找的那个男人，他才是她的亲生父亲，可是在情感上，丽娜更依恋的父亲还是居焕真。那层薄薄窗户纸被无情捅破以后，丽娜突然感到一种严重的不适应，一种非常巨大的恐慌。过去这些年，因为吕红英自杀，作为曾经的乖乖女丽娜，在居焕真面前一直很叛逆。她常常是有意识地与居焕真对着干，故意要做些让他不痛快的事情。丽娜知道他内心深处对母亲有一份愧疚，不管怎么说，说一千道一万，吕红英的死，居焕真都会有不可推卸的责任。加上他的再婚，更觉得自己对不起吕红英母女，为了有所补偿，居焕真对丽娜几乎是百依百顺，始终都小心翼翼地对待，就怕她有一点点委屈。

一时间，丽娜心中涌现出了太多的过去，居焕真给过她太多的爱，太多的关心，毫无疑问，他绝对算得上一位称职的好父亲。和吕红英相比，他对丽娜的付出，他对她的照顾，远比作为母亲的吕红英多得多。一时间，不要说居焕真接受不了她不是亲生女儿的现实，甚至丽娜自己也接受不了。她真不知道应该如何去面对居焕真，她害怕与他单独相处，害怕他可能会有的诘问，害怕他流露出来的悲伤，害怕他那无可避免的绝望。很显然，这个打击太大了，这个结局太不公平，太残忍。一时间，丽娜发现自己真正爱的是居焕真，她更愿意他才是自己的生身父亲，她更愿意自己其实就是他的亲生女儿。

丽娜采取了逃避，她借口要出差，一直躲着不见居焕真。龚亚琴一次次给她打电话，丽娜便一次又一次扯谎。终于没办法再逃避，她几乎是被他们夫妇押到了医院，押这个词一点都不夸张，按照龚亚琴的说法，居焕真已接近崩溃，他忍无可忍，无论如何都必须要尽快有一个明确结果，要有一个铁板钉钉的化验报告。龚亚琴说居焕真已经不能再等下去，他真的不能再等了，不想再被蒙在鼓里，不想天天晚上都因为这件事睡不着觉。当然，也已经做好了准备，虽然居焕真不愿意接受这个现实，也不相信这个现实，他觉得丽娜根本不可能不是他的女儿，但是有些现实他恐怕不得不接受。

真正面对居焕真，丽娜并没有表现出想象中的慌张。大家约好了在医院见面，居焕真由龚亚琴陪同，提早到了，站在电梯门口等她。丽娜看见他们，只是怔了一下，若无其事地走过去，走到居焕真面前，和以往没有任何区别地喊了一声：

“爸。”

居焕真没有回应，木木地看着她，仿佛是许久不见，已经有点认不出她了。这时候，似乎完全变成了另外一个人，他显然没办法再掩饰自己的感情，没办法掩饰沮丧，龚亚琴说得没错，居焕真真的快崩溃了，或者说已经崩溃。这时候，丽娜突然看见了他眼眶里滚动着的泪珠，心头好像被什么东西重重捶了一下，她发现居焕真甚至都没有勇气再直视自己。他一下子苍老了很多，脸上有了更多的皱纹，头发也白了不少。幸好还有龚亚琴夹在中间应酬，他们在医院事先找好了熟人，是这医院的一位领导，在这位领导带领下，接下来一切都很顺利，非常简单，交费开化验单，消毒采血，然后回家等待鉴定结果。

然后丽娜自己也快要崩溃，她觉得有一道湿漉漉的伤口在流血，隐隐地有些疼痛，那血渍像宣纸上的淡墨，正在慢慢地洇开。当天晚上，丽娜第一次破天荒地给黄小葵挂长途电话，通常都是他打过来，或者两人只是在网上遇到才闲聊。黄小葵很意外，说怎么了，你把电话挂了，我打过来，你那边电话费太贵。丽娜说你别再管什么电话费了，我有话要跟你说，我有话憋在心里难受。说着就哭起来，黄小葵在那头也不知道应该怎么办，不知道该如何安慰她。丽娜说有话要说，又光顾着哭，不说话。黄小葵急了，说你快说话呀，再不说，我挂电话了。丽娜仍然是不说，还是哭，哭了一会儿，索性哇啦啦地号开了。黄小葵便把电话挂了，重新拨过来，她手机没挂好，总是占线，拨了好半天，终于又通了，丽娜已经冷静，不再哭了。

丽娜说："黄小葵，我太孤单了，你要是在我身边，我立刻就嫁给你。"

黄小葵不相信："这话当真？"

“当真。”

说着又哭起来，一边哭，一边断断续续说今天的事。黄小葵问鉴定结果什么时候能出来，丽娜说什么时候出来已经不重要，反正问题明摆在那儿，她现在最难过的，是想到居焕真的样子很心疼。丽娜说你不知道我爸对我有多好，你不知道他是多么疼我爱我，你不知道他是多么宠我惯我，他从没有打过我，从没有骂过我，甚至都没对我说过一句重话。这时候，丽娜脑海里，全是居焕真对她的各种好。她记得小时候，居焕真总是对她有求必应，要买什么就什么。他为她买过玩了没几天就不玩的雅马哈电子琴，当时并不便宜，为她买过价格很贵的变形金刚，那根本就应该是男孩子的玩具。吕红英为此常常会有意见，常常抱怨，说小孩子的话你当什么真，哪能老是依着她，她如果要天上的星星，要天上的月亮，你也帮她买？居焕真说，我要是有钱，我要是能买，我就会买。

黄小葵在电话那头不吭声，丽娜一个劲地说，说，说到最后，黄小葵问你完了没有，要说完了，就应该我说一句。丽娜说你说吧，你有什么话。黄小葵说我一直惦记着你刚刚说的那句话，你说我要是在你身边，你就嫁给我，这话算数不算数。丽娜说我说了这话吗，黄小葵说你当然是说了，我一直在惦记着这句话呢。丽娜不吭声，黄小葵说你别不高兴，刚刚你说半天，我都听了，可我脑子里想的全是这句话，全是你的这一句话，你这话到底当真不当真。

接下来一周，对丽娜来说并不漫长。她觉得自己已经知道结果，没必要再去证实，她与居焕真之间根本不用去做DNA基因比对测试。这期间，龚亚琴曾给她打过一个电话，传达了居焕真的意思，说不管结果如何，都会把她当作自己女儿，是不是亲生都一样。一听这话，丽娜当场哭了，说你跟我爸说，我也是这么想的，我永远都会是他的女儿，永远都是。通完电话，丽娜很快就平静了，长舒一口气，心情豁然开朗，眼前无限光明。世上原本没什么不能说的事情，她甚至想要给居焕真打个电话，干脆打开天窗说亮话，跟他把什么事情都说说开，都说个明明白白。她可以告诉他为什么，为什么自己会吃准了是智仁勇，为什么应该是他，为什么。和居焕真相比，那个叫智仁勇的男人，根本就是个不负责任的家伙，丝毫没有爱心，既不仁也不义。

取鉴定报告的前天下午，黄小葵从新加坡赶了过来，他的突然出现让丽娜吓了一大跳。事先也没打电话，门铃响了，他已经到了楼下。然后开始上楼，很快就到了门口。丽娜打开大门，看着站在楼道上的黄小葵，目瞪口呆，百思不得其解地说：

“你怎么来了？”

黄小葵说：“我觉得我应该来，我觉得这时候，我应该在你身边。”

丽娜没想到，丽娜很感动，很感动。过去她很少去想，去想自己是不是真的爱黄小葵，去想他们有没有未来，从内心深处一直在拒绝去想这个问题。现在，她突然发现根本不用再想了，她发现自己其实很爱很爱这个男人。她不会再放过他，不会再放过他。黄小葵说他早就准备好了，只要是进行DNA测试，他一定会赶回来陪丽娜，因为他知道在这时候，在这个关键节点上，她身边太需要有一个像他这样的人陪着。只不过他没想到，测试的对象会是居焕真。

黄小葵告诉丽娜，他已经在快捷酒店开好房间，如果她不需要他，觉得他有些多余，觉得他太自作主张，他可以立刻离开，立刻从她眼前消失，明天就返回新加坡。丽娜笑着让他先进屋，把门锁上了，然后却意味深长地说，你走吧，你立刻就走，立刻就可以走，走了就别想再回来。黄小葵脸上的表情有些吃惊，有些尴尬，有些进退两难，很委屈地看着丽娜，她还在那儿笑，然后突然扑到了他身上，紧紧地抱着他。

丽娜说："你既然来了，我怎么还会让你走。我永远都不会再让你走了。"

"你这话当真，"黄小葵心里一块石头落了地，十分灿烂地笑着，"要当真，这种话不能乱说的。"

丽娜说："我就要乱说，我就喜欢乱说。"

丽娜又说："我没想到你会来，可是，我又太想你来了，你来的真太是时候了。"

两人紧紧搂抱在一起，亲热了一会儿，黄小葵不愿意接吻，说让我先漱漱口，坐飞机太辛苦，昨晚也没睡好，我嘴里有味道。丽娜说没关系，我不在乎。黄小葵说我在乎，于是两人搂着去卫生间，黄小葵用丽娜的牙刷刷牙，他很认真地刷牙，丽娜便在背后抚摸。他刷完了，丽娜也要刷牙，黄小葵说你不用刷，你嘴里不会有味道的，我喜欢你的味道。丽娜知道他爱干净，也坚持要漱口，又笑着问是不是还要先洗个澡。黄小葵笑了，洗澡就免了吧，要洗也可以待会再洗。丽娜也笑，这时候再说什么都多余，两人没完没了地亲吻，都有些迫不及待了，丽娜要脱他的衣服，黄小葵连忙从口袋里掏出一盒杜蕾斯。丽娜又笑了，工科男就是工科男，什么事都会想得周到。

丽娜帮黄小葵戴工具，黄小葵有些得意，说我主要是担心，担心你这里没有这玩意儿。丽娜说你怎么知道我没有呢，说不定我就有呢。黄小葵说你不会有的，根据我对你的判断，你不会有，不过，真要有也没关系，这不也是有备无患吗。丽娜说你这人又奸又坏，真是小人，我告诉你，我这里是真的没有。又说幸好你带了，你真是太了解我了。黄小葵说我不了解，谁了解。卫生间有个洗衣机，黄小葵将丽娜推坐在洗衣机上，咣当咣当动静很大。很快就完事，他有些沮丧，向丽娜表示歉意，说自己可能是太累了，又说主要是太想这事，太想了，欲速则不达，丽娜连忙安慰他。

等到吃完晚饭，洗完澡，再次上床作战，黄小葵已经变得神勇起来。两人一边办事，一边聊天，好像都不着急了。丽娜被他弄得神魂颠倒，说黄小葵黄小葵呀，真没想到我们会这样，真没想到。我想到过你会突然出现，可就没想到你是这样出现，用这样的方式出现。黄小葵问她又是如何想象他的出现，丽娜让他猜，黄小葵说这个我怎么能猜得到呢。丽娜便说你有没有看过电视上的相亲节目《非诚勿扰》，黄小葵说当然看过，全世界的华人都在看。丽娜笑了，说你看过就好，我曾经这么想过，我就在上面做节目，你悄悄地来了，自然是选了我了，然后我呢，又装模作样地拒绝你，你呢，还是决定赌一把，最后还是坚持选我，说了一番很漂亮的话，然后，然后，就像电视上有过的一样，我们终于热泪盈眶地牵手了。

黄小葵说："你要是上了《非诚勿扰》，我可能还真会这么做。"

"你真的会？"

"真的会。"

"真的？"

"真的。"

丽娜笑了，她情不自禁地痴迷起来，指甲在黄小葵身上乱掐，牙齿在他肩膀上猛咬。掐着，咬着，气喘吁吁地哼着，继续不停地说话，说真要是那样就好了，真要是那样，不就可以一起去希腊的雅典吗，一起享受免费的爱情之旅，那样多好，白天在爱琴海上看海，晚上在酒店大床上聊天看月亮，对了，我们还一次又一次地做这事，那样多好。

5

丽娜和黄小葵一夜没睡，毕竟第二天是个特殊日子，丽娜很为居焕真担心，担心他会做出什么出格的事来。从理智上来说，大家都不得不面对这个结果，不得不接受这个事实，丽娜还是希望黄小葵的出现能创造奇迹，能改变一些什么，能好好地安抚一下居焕真。怎么安抚呢，她也不知道，反正两人胡乱地商量着，商量来商量去，商量不出任何结果，想了几个方案，都不太现实，都书呆子气。

居焕真根本没去医院，龚亚琴看到黄小葵，吃惊地说你怎么来了。她知道他们已经分手，想不明白为什么现在又在一起了。不过龚亚琴很快跟没事一样，仍然是找到先前的那位熟人，然后一起去“亲子鉴定中心”取报告。那熟人先拿到报告，看了看，笑了，说根本就没问题呀，你们的亲权关系大于99.99%的可能性，也就是说血缘亲子关系毫无问题。面对这样的鉴定报告，三个人都傻眼了，都知道这个鉴定绝对权威。黄小葵看着丽娜，又看了看龚亚琴，不知道说什么好。龚亚琴的表情变得很严肃，她有些生气，看着丽娜：

“丫头，我能说你什么好呢?!”

丽娜木木地站在那儿，紧咬着嘴唇。那位熟人也不知道应该说什么，帮人帮到了家，现在任务完成了，手头还有很多别的事情要做，就此作别。龚亚琴连声说谢谢，目送熟人离去，赶紧给居焕真打电话，一边按号码，一边流眼泪，一边怪罪丽娜，说你这丫头真是不懂事，你说你这没事找事，真要把你爸给害死了，你知道他这些日子是怎么熬过来的，真是不作死，不会死。电话通了，龚亚琴对着手机喊了起来：

“老居，我跟你说呀，报告出来了，没有一点问题，绝对没问题。”

龚亚琴告诉居焕真，她刚骂过丽娜，刚狠狠地骂过她，说这丫头真该骂，真是不懂事，还要再骂她几句。她一边哭，一边抱怨，说我跟你老居结婚以后，没说过丽娜一句重话，可是今天我忍不住了，今天我非要说几句，非得好好地教训教训她，你说这叫一个什么事，对了，老居，你要不要跟她说几句。居焕真的声音隐约也能听见，他说现在不想说什么，不想说。丽娜心里在想，这时候能不说话最好，因为她也不知道该对他说什么。接下来，龚亚琴挂了手机，抹了抹眼泪，丽娜以为她会继续教训自己，没想到她琢磨了一会儿，什么也没说，只是叹气，只是摇头。

然后就分手，龚亚琴确实还想说几句，当着黄小葵面，似乎不太好说，想想也就不说了。她是开车过来的，说这个时间打出租不容易，我先送你们吧，你们要去哪。丽娜与黄小葵先搭了一路顺风车，到目的地，龚亚琴看着他们下车，仍然是不说话。黄小葵讨好地说了声谢谢，她也没什么表示。丽娜一声不吭，和黄小葵上楼，木然地进了屋，说我太累了，我要睡一会儿。黄小葵说我也累了，好吧，什么也别说了，大家都睡觉吧。于是上床，丽娜默默无语，眼睛里含着泪珠。黄小葵安慰她，说这样也好，这样最好，你赶快睡一会儿，我搂着你睡。丽娜便扑在他怀里小声抽泣，黄小葵像哄小孩一样轻拍她的背，拍了一会儿，自己先睡着，又突然惊醒，说不好意思，我是不是睡着了。丽娜说没关系，你睡吧，我也要睡了。不一会儿，黄小葵又睡着，这一次是真睡，居然打起呼噜来。

丽娜也觉得自己迷迷糊糊快睡着，可就是不能真正地入睡，刚有点困意，刚要睡着，又突然清醒过来。脑子里一直在胡思乱想，也没什么头绪，天马行空，想到哪是哪。一会儿清醒，一会儿糊涂，刚睡着就做梦，刚做完梦又醒了。是大白天，外面嘈杂得厉害，黄小葵睡得很香，本来是他搂着她睡的，到后来，反倒是她搂着他睡，仿佛是抱着一个大小孩在睡觉。朦胧中的黄小葵小手还不老实，在她身上到处乱摸，有一阵一直搁在她那个地方，感觉怪怪的，丽娜不由自主地想到他和别的女孩是不是也这样。

手机放在振动上，响过一阵，不理睬它，也就不响了。后来又响过一阵，仍然是不理睬它。一直到下午，丽娜觉得自己差不多真要睡了，它又开始振动起来，一次接着一次，没完没了，她没办法，只好接。是龚亚琴打来的，说居焕真要请她和黄小葵一起吃晚饭，又问她为什么总是不接电话。丽娜有些犹豫，说对不起，我放在静音上了，没听见。龚亚琴说你这孩子，再不接电话，我就要过来找你们了，那好，就这样定了，今天晚上见到你爸，好好地说几句，赶快向你爸赔个不是。丽娜觉得跟她没话说，便问是在什么地方。龚亚琴说我已把地址和时间都发你手机上，到时候一定要来，听见没有。

等到黄小葵醒了，丽娜跟他说这事，说龚亚琴打电话来，约他们一起吃饭。黄小葵听了，说这顿饭看来必须得去吃。丽娜便说，我又没说不去，当然要去，我只是想问你，见了他，我该说些什么，我应该怎么说。黄小葵一本正经地看着丽娜，说你说什么都行，不说也行，反正事情也就这样了，说不说都一样。丽娜觉得他的话有道理，确实说不说都一样，说什么都多余。黄小葵说现在关键是我应该怎么说，我该对未来的老丈人说什么，我得告诉你爸，我就要娶你女儿了，对了，丽娜你说这样好不好，为了让你爸高兴，今天索性嘴甜一些，直接喊他一声爸行不行。丽娜连声说不行，万一他不喜欢你呢。黄小葵说不会，我觉得你爸，还有你那个后妈，他们都会喜欢我。丽娜说你凭什么，凭什么感觉这么良好。黄小葵说，就凭我喜欢你，我爱你，这还不够。

晚饭在一家会所，隐藏在公园深处，位置很偏僻。为找到这个地方，丽娜和居焕真电话里沟通了无数遍，最后他说你们不要乱动，就在原处等候，我开车过来接。居焕真他们早就到了，菜也点好了，会所的老板跟他很熟。这些年来，居焕真官不大，可是电信行业有钱有油水，像他这样的部门小负责人到处都有熟人，别人有事要找他，他也习惯有事找别人。准备了一瓶好酒，原以为黄小葵是北方人，能喝，没想到这个未来的女婿根本不能喝。吃到中途，丽娜说爸你骂我几句吧，居焕真说我当然要骂，然后又叹气说，不，不骂了，骂了你反倒踏实，我不上你的当。丽娜说爸你说得对，你骂了我心里会好受一些。

龚亚琴随时随地都在准备打圆场，问黄小葵的今后打算，有些什么样想法。黄小葵说自己跟丽娜商量好了，准备辞去新加坡的工作，到这里来发展。经济上没问题，他在那边年薪还可以，已经有些积蓄，一时找不到工作也没关系。居焕真就说工作好找，这年头，有本事的人在哪都有饭吃，我在乎的是，既然要准备跟我们家丽娜过一辈子，你就要好好地对她，不能欺负我女儿。丽娜说爸你放心，只会是我欺负他，他不会欺负我的。居焕真说算了吧，你恐怕只会欺负我。丽娜听了这话笑起来，居焕真也笑，大家都笑。

不知不觉中，喝得有些多，居焕真很严肃地对黄小葵说，今天先不跟你说了，但是我还有话要跟你说，要跟你好好地说说，说什么呢，我先不跟你说，我们明天再说，我们过两天再说。黄小葵不知道他要对自己说什么，看他那样子，听他那口气，也全是快醉了的状态。龚亚琴对丽娜说，你看你爸今天又喝多了。居焕真舌头打着结，说别瞎说，我没喝多，没喝多，又竖起一根手指头，很郑重其事地对黄小葵说：

“明天下午，你到我单位来一趟，我有话要跟你说，我们好好谈一次，我真的有话要跟你说。”

因为说得太一本正经，大家也不知道他究竟是说真话，还是在说酒话。龚亚琴说要说就快说，干吗还非要跑到你单位去说。居焕真说在单位里谈，不是更正式吗，单位是办公事的场所，有些话，必须是在那儿谈。这话听上去很像是酒话，接下来的话又不太像了。他说我们一起谈谈工作还不行吗，你可以考虑到我们公司来，我们公司福利很好的，相当好。回去路上，龚亚琴开车，先送丽娜和黄小葵，临下车，居焕真又再次关照：

“明天中午，我在单位等你，不，是下午，下午一点钟，说好一定要来。”

回去以后，黄小葵心里惦记，不知道居焕真要和自己说什么。丽娜说也别太当真，他今天肯定喝高了，没看他话都说不完整，说不定到家就忘了。黄小葵便问明天中午到底去还是不去，丽娜说随你的便，想去就去，不想去就不去。第二天一早，居焕真打电话过来，叮嘱黄小葵别忘了中午的约会。这么一提醒，又一次郑重提醒，看上去倒好像确实有重要的话要说，黄小葵还真不能不去。问能不能与丽娜一起去，居焕真说我有话要单独和你谈，当然是你一个人来。

最后见面地点在离居焕真公司不远的一家茶馆，找到这地方还费了点时间，终于接上头，茶馆里很空，没人，走进一间很小的棋牌室，两人坐下来。黄小葵心里有些忐忑，感觉到气氛过于正式，不知道居焕真要对自己说什么。居焕真说叫你过来，也没什么大不了的事情，只是想跟你交代几句，我就丽娜这么一个女儿，她肯定也跟你说过，我从没有碰过她一个手指头，现在你既然要准备娶她，你就得对她好，就得对她负责任。

黄小葵就说："叔叔你放心，我肯定会对她好的，肯定会对她负责任。"

"这丫头任性。"

"我知道。"

"有时候也真不省事——"

"我知道。"

"有时候会脑袋里一根筋，认死理。"

"这没关系，我也知道——"

说到后来，话越来越深入，居焕真说丽娜母亲在世，常常会有匪夷所思的举动，譬如他们刚结婚，还在蜜月，路上遇到人家办丧事，她非要停下来，从头看到尾，看得聚精会神，看得津津有味。黄小葵不太明白居焕真为什么要在这时候和他说这些，好像是担心丽娜会像她母亲，又好像不是这个意思。说着说着，话题跑到了自己父母身上，黄小葵告诉居焕真，他准备带丽娜一起去河北老家见父母，然后回新加坡办离职手续。他说他爹他娘一定会喜欢丽娜，这个他很有把握，他们也希望他赶快娶媳妇。

6

黄小葵父母对丽娜果然非常满意，他们的生活水平和工作环境，与居焕真夫妇很相似，都在效益不错的国企上班，黄小葵父亲也是部门小负责人。新加坡那边挺顺利，辞职，结账，一切都安排妥当。丽娜一向准时的大姨妈来晚了，他们稍稍有些担心，害怕不过那么一两次不当心，结果便中了枪。当然真这样，也无所谓，真要有了孩子，那就顺其自然吧。黄小葵买好回国的机票，该办的手续都办完，丽娜的大姨妈也来了，她在电话里既高兴，又不无遗憾地跟黄小葵说这事。黄小葵反应跟她一样，既高兴，又不无遗憾。

又过了一个多月，黄小葵已回国。有一天，丽娜说他们要与一个神秘人物一起吃饭，这人是谁，先不告诉他。结果发现这神秘人物，竟然是孟建军。黄小葵很意外，不明白为什么是他，为什么要和他一起吃饭。丽娜也不解释，三人聚在一起，无非先怀念一下在新加坡的日子。孟建军向他们表示祝贺，说自己当年就有过预感，现在这预感果然灵验了，说你小子行呀，还真有能耐，真把我妹给搞上了。

黄小葵感到最吃惊的，不是孟建军突然出现，而是大家分手时，丽娜还在继续探讨DNA基因测试，还在商量能不能弄到智仁勇的血样。丽娜仍然相信这个人才是她的亲爹，黄小葵不明白为什么她还不死心，为什么又要旧事重提，为什么又重新走上老路。丽娜的解释是有理由怀疑居焕真在作假，既然他医院里有熟人，做个假的鉴定报告并不是不可能。

丽娜很严肃地对黄小葵说：

“今天这个世界上，你说还有什么不可能呢。”

丽娜又说：

“我告诉你，什么事都可能，都是可能的。”

2015年5月2日初稿

2015年7月河西改定

后　记

2015年中秋，诗人欧阳江河从遥远的希腊发了一条微信，就一句话，“在雅典遥祝中秋快乐”。看了会心一笑，我们都知道这短讯后面还有潜台词。二十天前，在宁夏银川一家美丽的葡萄园，我告诉欧阳兄刚完成一篇小说，篇名就叫《去雅典的鞋子》。一旁的女作家林白不明就里，很好奇地问写了什么，我说写什么不重要，重要的是必须坦白交代。刚完成的小说篇名取自欧阳兄的一首诗，版权所有，未经作者同意，擅自冒昧挪用，多少有些僭越。

现在要写后记，先把欧阳兄的诗附上：

去雅典的鞋子

这地方已经待够了。
总得去一趟雅典——
多年来，你赤脚在田野里行走。
梦中人留下一双去雅典的鞋子，
你却在纽约把它脱下。

在纽约街头你开鞋店，
贩卖家乡人懒散的手工活路，
贩卖他们从动物换来的脚印，
从春天树木砍下来的双腿——
这一切对文明是有吸引力的。

但是尤利西斯的鞋子
未必适合你梦想中的美国，
也未必适合观光时代的雅典之旅。
那样的鞋子穿在脚上
未必会使文明人走向荷马。

他们不会用砍伐的树木行走，
也不会花钱去买死人的鞋子，
即使花掉的是死人的金钱。
一双气味扰人的鞋要走出多远
才能长出适合它的双脚？

关掉你的鞋店。请想象
巨兽穿上彬彬有礼的鞋
去赴中产阶级的体面晚餐。
请想象一只孤零零的芭蕾舞脚尖
在巨兽的不眠夜踮起。

请想象一个人失去双腿之后
仍然在奔跑。雅典远在千里之外。
哦孤独的长跑者：多年来
他的假肢有力地敲打大地，
他的鞋子在深渊飞翔——

你未必希望那是雅典之旅的鞋子。

我写小说习惯先有个心仪的篇名，因为选中的篇名，敷衍出一篇小说。这篇小说却不是这样，想写的情节脑海中孕育已久，十月怀胎即将临盆，始终找不到合适书名。小说不是诗，我非常希望有点诗的意蕴。于是无意中遇到这首诗，小说与诗两回事，风马牛不相及，然而越是读欧阳兄的这首诗，越是明白应该写些什么，应该怎么写。

这篇小说写了足足半年，很有些江郎才尽。感到非常孤独，我是个能够享受孤独的人，在这一次的写作过程中，孤独之外，内心深处似乎又多了一种过去很少有的忧伤。一个写小说的人，心情屡屡会感到沉重，感到寂寞，这十分正常，可是为什么那么忧伤呢？我觉得自己仿佛就是那个孤独的长跑者，失去了双腿仍然还在奋力奔跑。

小说初稿完成第三天，去上海某大学演讲，一位年轻的女研究生在车站迎接，告诉我为什么是她负责接送的原因，因为她本科是在南京大学读的，而且学的也是中文，换句话说，我们不仅是校友，还是系友。这真让人感到亲切，颇有一种他乡遇故知的感觉。然而接下来一句话，非常煞风景，让人很尴尬，她说叶老师不好意思，非常抱歉，我只是在教材上看到你的名字，我只是因为考试才知道你，但是我从来也没有读过你的作品。

这让人感到很意外，也很狼狈，很没有面子。迄今为止，如果数一数纸质书的数量，我已经出版了各种版本的图书147种。这数量或许不算少了，有时候也会小人得意，会小小地满足一下。古人夸文化人喜欢说著作等身，我出版的书摞起来，很可能已经比我人还高了。现实又是什么呢，现实就是一个文科女生，一个学中文的女研究生，她根本没读过我的任何文字，她只是知道我名字，只知道中文系曾经有过这样一位师兄。很感谢她的坦率，让我知道事实真相。通常情况下，考文科的同学为应付考试，会知道一个作家的名字，会知道你作品的篇名，考试中常会有作品与作家如何对应的选择题。然而说到底只是一些符号，千万不要因为出版了许多本书，就感觉良好，就以为自己一举成名天下知，你必须知道，其实这个世界上，没有多少人读过你的作品。

在公开场合，经常被问到文学的意义，问到小说对于人生的重要性。我不知道怎么回答，事实上，这类提问早就预设了答案。我知道自己很可能会让提问者不满意，又不得不实话实说。很显然，对于文学没兴趣的人，对于那些不花时间看小说的人来说，文学没什么意义，换句话说，文学对于人生也完全可以不重要。人生是丰富的，人生是美好的，文学从来没有像人们想象的那么有意义，根本不像人们想象的那么重要。具体到某个人，你的作品更可能没意义，更可能不重要。

我这部小说如果有一个关键词，恐怕就是孤独，难以诉说的一种孤独。欧阳兄诗歌里的那些意象，在我脑海里漂浮，希腊的雅典，尤利西斯的鞋子，文明人走向荷马，一只孤零零的芭蕾舞脚尖，中产阶级的体面晚餐，所有这一切，都形成了一种前所未有的混乱。我从哪里来，我要到哪里去，一个个生动又巨大的问号，像秋天田野上的季风一样吹过。

为伊消得人憔悴，衣带渐宽终不悔，感谢读到以上文字的读者，这些文字专门为你们所写，因为我相信，真正能读这本书的人不会太多，读到以上文字的人更不多。谢谢你们，因为你们的存在，我还会继续努力写下去。

叶兆言

2015 年 11 月 26 日